Atlas Renegado, libro 2

Atlas Renegado, libro 2

J.N. Chaney

Atlas Renegado
Libro 2

Traducción de Estíbaliz Montero Iniesta

Podium

Atlas Renegado - Libro 2

Translated by Estíbaliz Montero Iniesta

Original title: *Renegade Atlas*

Original language: English

Copyright © 2017, 2022 J.N. Chaney and SAGA Egmont

All rights reserved

ISBN: 978-1-0394-6011-9

1st edition

www.podiumentertainment.com

Para Ashley, una hermana molesta y una amiga increíble.

Atlas Renegado, libro 2

Capítulo 1

—Joder —murmuré, dejando caer mi café mientras miraba por la ventana del centro médico de Paragon III. El líquido negro y humeante me salpicó el pantalón y me hizo retroceder un paso—. ¡Mierda! ¡Mierda!

Me froté la pierna con los dedos, molesto por mi torpeza. Tras unos segundos, volví a contemplar el espectáculo que se desarrollaba en el patio del hospital. Había dos naves; sarkonianas, a juzgar por los colores dorado y rojo que lucían. De ellas desembarcaban casi veinte soldados con exotraje.

Yo no había pasado demasiado tiempo tan cerca del espacio sarkoniano con anterioridad, así que solo había tenido la oportunidad de ver a sus militares un puñado de veces, pero esas ocasiones me habían dicho todo lo que necesitaba saber: debía evitar a esos hijos de puta a cualquier precio.

—Señor, ¿le gustaría que me preparara para la partida? —preguntó una voz en mi oído. Era Sigmond, la inteligencia artificial de mi nave—. Parece que está a punto de tener compañía no deseada.

—Podría ser buena idea —dije.

—Muy bien, señor.

Me volví y eché a correr por el pasillo, dejando el charco de café atrás para que otra persona se ocupara de él.

Enfermeras y pacientes se amontonaban en las habitaciones, tratando de echar un vistazo por las ventanas al pequeño ejército que estaba a punto de asaltar el edificio. Me pregunté si aquello era normal para ellos, ver a un grupo de soldados desembarcando en su jardín delantero. Puesto que estábamos en lo más profundo de las Tierras Muertas, aposté a que bien podría ser el caso.

Doblé una esquina y de inmediato vi a Freddie en la tercera puerta. Establecimos contacto visual enseguida y yo ya sabía lo que iba a decir.

—Capitán, ¿qué está pasando?

—Parece el ejército sarkoniano —dije mientras me acercaba. Se hizo a un lado para dejarme pasar.

Octavia estaba despierta, sentada en la cama del hospital. Llevaba allí casi dos días y ya estaba mucho mejor, gracias al equipo quirúrgico y a la cámara de incubación que tenían a mano. Cuando la había llevado allí, los médicos habían dicho que era poco probable que se recuperara, pero ella les había demostrado que estaban equivocados.

—Capitán, ¿tenemos que irnos? —preguntó.

—Todavía no lo sé.

Hitchens estaba a su lado, sosteniendo un pequeño cubo con hielo.

—¡Santo cielo! No podemos moverla todavía. ¡Necesita descansar!

Empujé a Freddie al interior de la habitación y cerré la puerta, luego me dirigí directamente a la ventana para poder cerrar las cortinas.

—Descansar no es un lujo que podamos permitirnos, Doc.

—¿Sabemos por qué están aquí? —preguntó Octavia.

Una voz explotó por el intercomunicador del hospital antes de que pudiera responder.

—¡Atención, fugitivos de la Unión! —bramó como un trueno en lo alto—. ¡Sabemos que estáis aquí! ¡Rendíos ahora o recurriremos al uso de la fuerza!

Miré a Octavia.

—¿Responde eso a tu pregunta?

—Maldita sea —dijo, tratando de enderezarse—. Pues menudas vacaciones.

Agarré la silla de ruedas que estaba doblada y apretujada entre el armario y la puerta del baño y extendí el asiento con la palma de la mano.

—No hay tiempo para estar de vacaciones si viajáis conmigo —le dije, acercando la silla a la cama. Le ofrecí el brazo.

Ella aceptó mi ayuda y me usó como palanca mientras se acomodaba.

—Tienes razón. ¿Por qué descansar cuando puedo volver a recibir un disparo? —Aterrizó en la silla con un ruido sordo.

Sonreí con satisfacción mientras la apartaba de la cama.

—Ese es el espíritu.

Salimos corriendo de la habitación hacia el pasillo. Yo iba en cabeza, empujando la silla de Octavia mientras escapábamos, y todos los demás corrían detrás de mí.

—¿A dónde vamos? —preguntó Hitchens.

—A la nave —dije, por encima del hombro—. ¿A dónde si no?

Dos soldados sarkonianos aparecieron al final del pasillo.

—¿Cómo planeas esquivar a los guardias? —preguntó Hitchens.

Los hombres con armadura levantaron sus armas en el preciso momento en que nos vieron.

—¡Moveos! —grité, corriendo hacia una habitación lateral.

Varios disparos resonaron en el pasillo, lo que nos obligó a refugiarnos en la habitación. Tan pronto como estuve dentro, saqué mi pistola, apoyé la espalda contra la pared y devolví el fuego, disparando tres ráfagas. Fallé y los sarkonianos dispararon de nuevo, lo que me obligó a ponerme a cubierto.

—Siggy, dile a Abigail que vamos a tardar un poco.

—La informaré de su retraso, señor —dijo la IA.

—¡Atención, fugitivos! —gritó uno de los soldados—. ¡Rendíos ya! ¡No podréis escapar de estas instalaciones!

Me incliné, miré por la rendija de la puerta y vi a uno de ellos. Había suficiente espacio para que pasara por ella una bala, supuse.

Bajé la pistola hasta la ranura, me tomé un segundo para apuntar y luego...

El marco de madera de la puerta explotó cuando la bala salió de mi arma, haciendo que las astillas volaran por el aire.

La bala impactó contra el único soldado visible y le arrancó la mandíbula. Giró sobre sí mismo y luego se derrumbó en el suelo.

En un abrir y cerrar de ojos, me planté en el pasillo de un salto y vi al segundo soldado mientras este se daba la vuelta para mirar a su amigo recién fallecido.

Apreté el gatillo lo más rápido que pude y disparé dos tiros. Uno a la cabeza, el otro al pecho.

El pobre desgraciado murió antes de tener la oportunidad de reaccionar.

Octavia empezó a hacer rodar su silla en cuanto el cuerpo cayó al suelo.

—Eso ha sido un desastre —dijo mientras reemprendíamos la marcha.

—¿Preferirías un toque más suave la próxima vez? —pregunté a la vez que agarraba los mangos de detrás de su silla.

—¡Para un segundo! —espetó mientras nos acercábamos a los dos cadáveres.

—¿Qué pasa? —pregunté.

Octavia señaló uno de los rifles.

—Dámelo, Jace.

Cogí el arma y se la arrojé.

Ella la cogió con ambas manos.

—Me imagino que, si vas a empujarme, no podrás apuntar, así que bien podría tomar yo el relevo.

—Bien pensado —dije, entregándole el segundo rifle a Freddie, quien lo aceptó con cierta vacilación.

Justo cuando empezamos a movernos, otro grupo de sarkonianos apareció al final del pasillo. Octavia descargó tres ráfagas, que traspasaron sus armaduras y lograron darle a uno en el cuello.

Solté la silla, recuperé mi pistola y disparé unos cuantos tiros. Una bala pasó zumbando junto a mi cabeza justo cuando las mías le daban al soldado que aún estaba de pie en la cabeza y el pecho.

—¡Hostia! —estallé. La adrenalina me recorría todo el cuerpo.

—Te lo dije —comentó Octavia.

Sonreí.

—No está mal para una lisiada.

Me fulminó con la mirada.

—Cuidado, capitán, o serás el próximo.

Seguimos avanzando, corriendo tan rápido como lo permitía la silla, pero nos detuvimos cuando nos acercamos a un par de puertas que daban al vestíbulo exterior. Ambas tenían cristales en el centro.

Indiqué a los demás que se quedaran atrás. Tras un vistazo rápido, vi tres pares de soldados.

—Parece que la mitad de su equipo está ahí fuera.

—¿Qué hacemos? —preguntó Freddie, con un ligero temblor en la voz.

—¿Tú qué crees? —pregunté, mirándolo—. No vamos a quedarnos aquí sentados como un puñado de inválidos. —Miré a Octavia—. Sin ofender.

Ella frunció el ceño.

—Dame un objetivo y apártate de mi camino.

—Alguien está ansiosa por matar. De acuerdo, Hitchens, te toca la silla. Cuando salga...

—¿Quieres decir que vas a salir ahí? —preguntó Freddie.

—Sí, y tú te vas a quedar aquí.

—No puedes hacer esto tú solo, capitán —advirtió.

—No pienso hacerlo. Si te dignaras a escucharme, lo sabrías —le contesté.

Tragó saliva y luego asintió.

—Haz lo que te digo y saldremos todos de aquí. Bien, Hitchens, necesito que empujes a Octavia lo suficiente para que la puerta se entreabra y pueda tener una vista decente de lo que hay al otro lado. No la empujes hasta que se abra del todo. ¿Me sigues?

—¿E-es seguro?

Octavia tomó su mano entre las suyas.

—No pasa nada, doctor. Por favor, haz lo que dice.

Hitchens respiró hondo.

—Está bien, si tú crees que es una buena idea, Octavia.

—Y tú, Freddie —continué—. Eres la retaguardia. No dejes que nadie nos dé una patada en el culo. ¿Me oyes?

—¿No voy a ir contigo? —preguntó.

—Alguien tiene que cubrirnos las espaldas. Ese eres tú, chico. Lo juro por los dioses, no me moriré por una bala en el culo, ¿me oyes?

Él asintió.

—No te defraudaré, capitán.

Me volví y levanté la pistola.

—Me parece bien, Freddie, porque tengo claro que este no es el final de mi historia.

Capítulo 2

—Quietos ahí...

Mi bala atravesó el cuello del soldado sarkoniano antes de que pudiera terminar la frase.

Su compañero se giró hacia mí mientras yo corría hacia el otro lado de la habitación, pasando entre los cinco soldados restantes. Presa del pánico, descargó su rifle. Sus disparos me siguieron mientras me movía, atravesando la pared y, para mi deleite, a uno de sus propios compañeros.

El muy imbécil ni lo había visto venir.

Llegué a otro par de puertas y las atravesé. Se abrieron y se estrellaron contra las paredes, luego se cerraron sobre los disparos.

Rodé sobre la espalda, apuntando con la pistola a las puertas batientes y disparando cada vez que se abrían.

Con la atención de los sarkonianos puesta en mí, Octavia entró rodando en la habitación, rifle en mano, y abrió fuego.

El primero recibió un impacto directo en la espalda. El pecho le explotó cuando la bala lo atravesó y dispersó fragmentos de hueso por los aires. Cayó de bruces, muerto.

Uno de los soldados vino hacia mí, abrió las puertas y me apuntó con el cañón a la cara. Yo hice lo mismo, pero antes de que ninguno de los dos pudiera descargar una bala en el cráneo del otro, la mujer de la silla de ruedas lo derribó.

La sangre salpicó su cuello y mis pantalones, y retrocedí a toda prisa.

Los soldados restantes se concentraron en Octavia, pero Hitchens ya la estaba llevando de nuevo al pasillo. Aproveché la oportunidad para volver a ponerme de pie.

Según mi cuenta, todavía nos quedan dos más.

—¡Largaos y no os mataremos! —grité mientras apoyaba la espalda en la pared justo por detrás de las puertas.

—¡T-tenemos refuerzos en camino! Rendíos ahora y no...

Dos explosiones muy fuertes interrumpieron al soldado antes de que pudiera terminar y acto seguido se oyó cómo unos cuerpos caían al suelo. Miré al otro lado del pasillo, pero los demás seguían escondidos.

—¿Qué narices ha sido eso? —pregunté.

—¡Ya podéis salir! —nos informó una voz familiar.

—¿Abigail? —Abrí la puerta y salí.

Abigail estaba detrás de los dos cadáveres más recientes con un rifle enorme en los brazos.

—Me ha parecido que os vendría bien un poco de ayuda.

Freddie salió corriendo del pasillo.

—¡Hermana Abigail!

Hitchens y Octavia iban justo detrás de él.

—Dios mío —exclamó el doctor al ver todos los cadáveres y la sangre que se acumulaba a su alrededor—. ¡Parece una zona de guerra!

—Lo es —le dije, luego me volví hacia Abigail—. ¿Por qué no estás en la nave? ¿Dónde está Lex?

—Conmigo, señor —respondió Sigmond, cuya voz me inundó el oído—. He cerrado la *Estrella* hasta que regresen, pueden estar tranquilos.

—Lo tenía controlado —le dije a la exmonja mientras me acercaba a ella.

—No me cabe la menor duda —respondió ella—. Pero tenemos poco tiempo y se acerca un ejército.

—¿Un ejército? —preguntó Hitchens.

Asentí.

—No se equivoca. Es probable que haya más naves en camino. Tenemos que salir de esta roca cagando leches.

—Entendido —dijo Octavia.

Corrimos por el resto del edificio, hacia el quinto muelle, donde esperaba la *Estrella Renegada*.

La compuerta estaba sellada, pero Siggy la abrió justo cuando tuvimos la nave a la vista.

—¿Cuáles son las órdenes, señor? —dijo una vez que estuvimos a bordo.

—Ponnos en órbita y activa el campo de invisibilidad —dije, abriéndome paso hacia la cabina.

Vi a Lex en el salón. Estaba jugando un juego en la pantalla de visualización. Una especie de cosa educativa con números.

—¡Hola, señor Hughes!

—Hola, pequeña —dije mientras pasaba corriendo a su lado.

Un momento después me había atado el cinturón de la silla y estaba mirando por la parte delantera de mi nave mientras los motores se encendían. La *Estrella Renegada* se separó del muelle y flotó durante un instante antes de avanzar.

Ascendimos y atravesamos la enorme abertura de la plataforma hacia las nubes cercanas.

—Señor, estoy detectando movimiento cerca de un punto de deslizamiento—dijo Sigmond.

—¿Más naves sarkonianas? —pregunté.

—Al contrario, señor, parece ser...

—Atención, nave renegada —interrumpió una voz ronca que surgió del comunicador—. Soy el general Marcus Brigham del *Amanecer Galáctico*, saludando a la nave identificada como *Estrella Renegada*. Respondan o emplearemos la fuerza.

—Que te den —le respondí—. Siggy, corta la comunicación y sácanos de aquí.

—En seguida, señor.

Mientras atravesábamos la atmósfera del planeta, Sigmond activó un túnel de deslizamiento. El *Amanecer Galáctico* se estaba moviendo hacia nosotros, pero estaríamos encaminados del todo antes de que llegara.

—Entrando en el desliespacio —anunció Sigmond, esta vez por el comunicador de la nave—. Por favor, permanezcan sentados.

El vacío negro del espacio normal se disipó rápidamente a medida que nos adentramos en el vórtice esmeralda. Unas chispas amarillas brillaron a lo largo de las paredes del túnel cuando la grieta se cerró detrás de nosotros, separándonos de nuestros posibles perseguidores.

—Es la segunda vez que el tal Brigham nos encuentra —dije—. Los sarkonianos deben de haber mandado un mensaje antes de que escapáramos.

—Es muy improbable, señor —dijo Sigmond.

—No me digas. ¿Tienes otra teoría?

—El *Amanecer Galáctico* ha salido del desliespacio cuando escapábamos, poco después de que la nave sarkoniana aterrizara en el hospital.

—¿Y qué?

—Entre el momento en que los sarkonianos han aterrizado y la salida del túnel de la nave de la Unión solo han pasado catorce minutos. El punto de deslizamiento más cercano del túnel que han usado está aproximadamente a treinta minutos.

—¿Qué estás diciendo, Siggy?

—Que las matemáticas implican que ya estaban en camino cuando los sarkonianos han aterrizado en el planeta.

—¿Crees que los han avisado cuando estaban en órbita?

—Es posible, pero los sensores de la *Estrella* no han detectado a los sarkonianos hasta hace poco, momentos antes de que llegaran.

—¿Crees que la Unión sabía que estábamos allí antes de que aparecieran los sarkonianos?

—Ciertamente es lo que parece, señor, pero no puedo asegurarlo. No sin más datos.

Eché un vistazo al muñeco cabezón de Foxy Stardust que tenía en el tablero. La cabeza no le había dejado de rebotar desde el lanzamiento.

—Bueno, sigue intentando conseguir esos datos. Voy a hablar con el resto de la tripulación.

Me desabroché el cinturón y me puse de pie. Ya podía escuchar a los demás hablando en el salón, incluso antes de que se abriera la puerta.

—... tenemos que llevar a Octavia a otro hospital —terminó de decir Freddie.

—No hasta que sepamos que estamos a salvo —contestó Abigail.

—Pero ¿y si necesita más tratamiento? —preguntó Hitchens, que estaba de pie junto a la silla de Octavia.

Lex también estaba allí, observando a los demás mientras hablaban. Me vio y sonrió, luego corrió a saludarme.

—¡Señor Hughes!

—Hola, niña —le dije.

—¿Podemos ir a algún lugar divertido? Estoy cansada de estar en la nave.

—Ojalá pudiéramos —le respondí, dándole una palmadita en la cabeza—. Con suerte, no pasará mucho tiempo antes de que aterricemos de nuevo.

Ella frunció el ceño.

—Pero te diré una cosa —continué—. Dame diez minutos y te traeré un poco de cecina y queso.

Sus ojos se iluminaron ante la perspectiva de la comida.

—¿Puedo, esto...? ¿Puedo tomar un poco de sopa de tomate?

—Claro, pequeña. —Pasé junto a ella y me dirigí hacia los demás, que todavía seguían discutiendo las posibles opciones en medio del salón.

—No me parece que... —Freddie se detuvo cuando me vio—. Capitán Hughes, ¿va todo bien ya? ¿Hemos sufrido algún daño?

—Si lo hubiéramos sufrido, lo sabrías —le dije.

—¿Qué pasa con esa nave de la Unión? —preguntó Abigail.

—¿Qué pasa con ella? —pregunté a mi vez.

—¿Nos está persiguiendo? ¿Estamos a salvo?

—Ni idea. No lo sabremos hasta que lleguemos al próximo punto de deslizamiento. —Miré a Octavia—. ¿Y tú?

—¿Yo? —preguntó.

—¿Aguantas bien?

—No siento las piernas. ¿A ti qué te parece?

—Pues creo que si todavía puedes ser sarcástica, las cosas no van tan mal.

—Bien visto —dijo.

—En cuanto al plan, supongo que nos ceñiremos al mapa —continué—. El atlas que conseguimos en aquella cueva nos ha traído en esta dirección. Nos limitaremos a mantener el rumbo y seguiremos concentrados en el premio.

—Actúas como si fuera muy sencillo —dijo Abigail—. Como intentar ganar un juguete en una de esas máquinas con gancho.

—¿Desde cuándo son fáciles esos chismes? —pregunté.

—No lo sé, pero en comparación con huir para salvar nuestras vidas, me imagino que no pueden ser para tanto.

—Por si no te acuerdas, tengo una nave con campo de invisibilidad —dije.

—¿Crees que será suficiente? —me preguntó.

—Confía en mí. Cuando salgamos de este túnel, nos camuflaremos y esperaremos nuestro momento. Nadie sabrá adónde hemos ido y, aunque alguna vez lo descubran, ya habremos desaparecido por completo.

Capítulo 3

Estaba sentado en mi habitación, con los pies apoyados en el escritorio y recostado en la silla, jugando con el reloj de bolsillo dorado que me había dado Abigail. En la superficie tenía el grabado de un planeta, al que ella había llamado Tierra. Yo no tenía claro si creía en el mito, pero aun así me gustaba el reloj. Me lo había dado creyendo que nunca me volvería a ver.

Eso había sido antes de que emprendiéramos juntos una huida. Ahora éramos compañeros de tripulación, todos nosotros, y el camino estaba lleno de posibilidades desconocidas.

El territorio que se extendía ante nosotros era propiedad de los sarkonianos en gran parte, pero sus fronteras cambiaban constantemente. Por lo que sabía, ya la habíamos cruzado. A esos bastardos les encantaba reclamar sistemas que no estaban ni siquiera cerca de su propio espacio.

Pero el universo era un lugar enorme y solo había un número limitado de direcciones en las que podían ir. Si seguíamos aquella ruta, atravesaríamos su espacio en cuestión de días. Si mantenía la *Estrella* oculta, nos resultaría más fácil.

Un suave golpe en la puerta hizo que me desperezara, dejara caer los pies y guardara el reloj de bolsillo.

—¿Qué pasa? —pregunté.

—Soy Fred. ¿Tienes un minuto?

—No —respondí—. Estoy ocupado con un holograma. ¿Has oído hablar de *Los lujuriosos pecados de una esposa sarkoniana*?

Hubo un breve instante de silencio.

—Ah, yo, eh, yo no...

Presioné el control de la puerta y esta se abrió, revelando el rostro demudado de Freddie.

—¿Qué pasa, Freddie?

—¿D-de verdad estás viendo eso?

—Lo haré si no te das prisa —le advertí.

—Yo... —Hizo una pausa para tomar aliento—. Tengo una petición, si no te importa.

—¿Qué quieres? ¿Necesitas tener la charla? Te sugiero que pruebes con Hitchens. La verdad es que no soy muy paternal.

—Quiero que me enseñes a disparar.

Las palabras se quedaron flotando en el aire un momento, me había pillado por sorpresa.

—¿Que acabas de decir?

Se aclaró la garganta.

—Mira, capitán, no soy tonto. Sé que me ordenaste que me quedara atrás porque en el combate soy un cero a la izquierda.

No se equivocaba. El pobre prácticamente no tenía ninguna experiencia en lo que se refería a pelear. Habría estado dispuesto a apostar que no sería capaz de darle ni a una pared de la *Estrella* ni aunque le diera un rifle y le indicara cómo apuntar.

—No sé si tengo tiempo para ese tipo de cosas.

—Por favor, capitán —suplicó—. No quiero tener que quedarme al margen mientras el resto de vosotros cargáis conmigo.

Llamadme sentimental, pero el chico me daba pena. No lo habían criado como a mí. No había crecido en la calle, no se había metido en peleas con cuchillos a los nueve años.

—Antes de que te unieras a ese culto, ¿alguna vez tuviste que usar un arma, Freddie?

—Una o dos —dijo vacilante.

—¿Alguna vez has tenido que matar a alguien?

Sacudió la cabeza.

—Eso podría ser un problema. No estoy seguro de tener tiempo para deshacerme de esa parte de ti.

—¿Qué parte? —preguntó.

Le di un golpe en el pecho.

—Esa parte. Ya sabes, la que hay dentro de ti y que hace que te dé miedo matar a un imbécil antes de que él pueda asesinarte a ti.

—¿Asesinar? Pero es en defensa propia, ¿no?

—A veces es una cuestión de negocios. A veces es por precaución —expliqué—. Se hace lo que hay que hacer, Freddie. Así funciona.

Abrió los ojos como platos

—Dioses, capitán. ¿Es así como has estado viviendo todo este tiempo?

—Es la única forma de vivir. Así es como sobrevives. No te equivoques, Fred. Esto no es la Unión, ni tu Iglesia. Es el puto vacío. Aquí no hay reglas. No hay ninguna civilización que te diga cómo existir. Coges lo que coges, matas a quien matas e intentas salir con vida.

Quería que el peso de mis palabras calara. Quería que lo entendiera. Matar no era fácil, pero un segundo de vacilación podía convertirte en un cadáver.

—Pero... es necesario —murmuró—. Así es como os protegeré a los demás. ¿Verdad?

Asentí.

—Así es como sobrevive una tripulación. Lo hacemos juntos. Cuidamos los unos de los otros. Pero tienes que estar dispuesto a apretar el gatillo.

Se quedó quieto un momento y casi pude ver los engranajes girando en su cabeza. Se estaba convenciendo a sí mismo de que era lo correcto, justificando lo que tenía que hacer.

—De acuerdo —me dijo al final—. Lo entiendo, capitán.

—Más te vale —dije—. Porque si haces que me maten, Freddie, juro por los dioses que me levantaré de la tumba y volveré por ti. ¿Entendido?

Pasé la tarde enseñando a Freddie cómo apuntar con un rifle. Me había fijado en su postura varias veces, la más reciente en el hospital, y me pareció que sería un buen punto de partida.

Una vez que estuve satisfecho y me convencí de que el retroceso del arma no haría que se diera en la nariz, me dediqué a explicarle cómo apuntar.

—Tu respiración tiene que ser estable. Es un cliché y todo el mundo lo sabe, pero bueno, también es cierto.

—¿Qué quieres decir? —preguntó.

Me puse una mano sobre el pecho.

—Suelta el aire, pero mantente firme —dije, exhalando—. El objetivo es mantener el equilibrio. Necesitas calma.

—¿Calma?

—Todo soldado experimentado lo consigue después de estar un tiempo en la mierda. Es un estado de ánimo. No hay una forma mejor de explicarlo.

—¿Cómo funciona?

Nunca antes había explicado ese tipo de cosas, así que me llevó un segundo encontrar las palabras adecuadas.

—Cuando corres, ¿sabes cómo se acelera tu corazón?

—Claro, la adrenalina entra en acción —dijo con un asentimiento.

—Exacto, eso es. Pasa lo mismo cuando estás en ese estado, solo que es cien veces peor. Todo tu cuerpo se tensa. Las sinapsis del cerebro se iluminan como locas. La lengua se te seca. Experimentas una sensación de malestar en el estómago, como si estuvieras a punto de vomitar. Es lo mismo que pasa antes de follar por primera vez. Te vuelves torpe y estúpido, y eso hace que te maten enseguida.

—¿Cómo se controla? —preguntó.

—Con práctica —me limité a responder—. Y con la respiración. Con mucho de cada. Siempre que tengas la oportunidad, respira. Respira hondo cuando estés solo en tu litera, detente en el pasillo cuando no haya nadie cerca. No dejes de hacerlo.

—¿Eso es lo único que tengo que hacer?

Me reí.

—Dioses. Claro que no, chico. Necesitarás pelear con alguien. Tal vez que te rompan la cara. No lo sé. Te llevará un tiempo alcanzar la calma.

—Ya veo —dijo, mirando el rifle que tenía en las manos.

Estaba siendo duro con él al contarle todo aquello, pero tenía que escucharlo. Freddie me gustaba, por la razón que fuera, y no quería que muriera pronto. Si esos malnacidos de la Unión y los sarkonianos seguían persiguiéndonos, necesitaría tener estómago para lo que se avecinaba. Tendría que estar dispuesto a matar.

—¿Dónde está la monja? —pregunté después de un momento.

—¿Te refieres a la hermana Abigail?

—No hay más monjas en la nave ¿A quién me iba a referir?

—Creo que le está enseñando a Lex las tablas matemáticas.

Toqué el comunicador que llevaba en la oreja.

—Siggy, ponme con la habitación de Abigail.

—Enseguida, señor —dijo la IA.

Un segundo después, oí su voz.

—¿Qué pasa, Jace? —preguntó, una obvia molestia en su voz—. Estoy ocupada.

—¿Demasiado ocupada para ayudar a tu amigo Fred? —repliqué

—¿Qué pasa? ¿Está bien?

—Está bien. Necesito que vengas a la bodega de carga.

—Voy para allá —respondió.

Apagué el comunicador y le quité el arma a Freddie.

—Dame eso —dije, luego me acerqué al armario más cercano y la guardé—. Abby viene de camino para ayudarte.

—¿Ayudarme? —preguntó.

—No puedo hacerlo todo yo y de verdad que no tengo tiempo. Siento decirte que eres como un cachorro recién nacido, Fred. Necesitas una madre.

La puerta trasera de la bodega de cargase abrió cuando entró Abigail. Bajó los escalones y se unió a nosotros en el centro de la bodega, con los brazos detrás de la cabeza.

—¿De qué va todo esto? —preguntó, enarcando una ceja.

—Necesito que le des una paliza a Freddie —le dije, haciendo un gesto con el pulgar—. ¿Crees que puedes hacerlo?

El puño de Abigail se estrelló contra la mandíbula de Freddie con tanta fuerza que escuché un crujido. La saliva salió volando de su boca mientras sus mejillas se ondulaban por el golpe, y gritó a la vez que se tambaleaba hacia atrás.

—¡Te he dicho que lo bloquees! —gritó la monja.

Él cayó de culo y se cubrió la magulladura a toda prisa.

—¡N-no estaba listo!

—No siempre estarás listo en una pelea —dije, sacudiendo la cabeza e intentando sonar decepcionado—. Esto es vergonzoso.

—¿Te he hecho daño? —preguntó Abigail. Le tendió la mano para ayudarlo a levantarse.

Freddie se puso de pie y, después de comprobar la mandíbula, asintió.

—No es nada.

—¿Listo para otra ronda? —pregunté.

—¿Otra? —repitió Abigail—. ¿Es que no has visto lo que acaba de pasar?

—Estoy listo —intervino Freddie.

Ambos nos quedamos mirándolo.

—¿En serio? —pregunté, y miré a Abigail mientras enarcaba las cejas—. ¿Has oído eso? Está listo.

—Lo he oído —dijo mientras me fulminaba con la mirada—. Pero si no tiene cuidado, podría resultar gravemente herido, y no podemos permitir que pase eso si la Unión vuelve a encontrarnos.

—Puedo soportarlo —insistió Freddie. Levantó los puños como un boxeador.

Intenté no reírme.

Abigail lo ignoró.

—¿Puedo hablar contigo un momento, capitán?

—Claro. —La seguí hasta la puerta trasera de la bodega, donde Freddie no podía vernos—. Vaya, esto me resulta familiar.

—¿Familiar?

Recordé que había estado allí una vez antes con Abigail, manteniendo otra conversación sobre un pasajero, solo que aquella vez se había tratado de Lex en lugar de Freddie. Me había dicho que su situación era complicada... Que estaba metida en un pequeño lío y yo la había creído porque esas cosas pasaban. Se me hacía difícil pensar en lo lejos que habíamos llegado desde entonces.

—Nada —dije, sin ganas de entrar en ese tema—. ¿Qué querías decirme? Supongo que se trata de Freddie.

Ella se cruzó de brazos.

—Tienes que relajarte.

—¿Relajarme? —pregunté—. Él es el que ha pedido ayuda.

—Solo lo hace porque cree que tiene que hacerlo. Tienes que decirle que pelear no es cosa suya.

—¿Y qué es lo que aporta él? Hitchens y Octavia son arqueólogos. Tú eres una especie de monja loca con un dedo siempre en el gatillo. Lex es una niña rarita con poderes mágicos. Yo soy el dueño de la nave. ¿Qué hace exactamente Freddie?

—Es un experto en la Iglesia y los primeros escritos de Darius Clare.

—¿Te refieres al viejo que fundó la Iglesia?

—Exacto —dijo—. Prácticamente ha memorizado toda la biblioteca del doctor Clare.

Levanté las manos.

—Ah, bueno, estoy seguro de que eso le será muy útil en una pelea.

Ella entrecerró los ojos.

—Sabes que eso no es justo. Tiene otras cosas que aportar.

—¿Qué no es justo? —repetí—. No estamos de peregrinación. Hay una nave enorme que nos acecha, que está intentando rastrearnos y matarnos. Bueno, a la mayoría de nosotros. Estoy seguro de que a Lex se la llevarán y a los demás...

—Ya lo pillo —interrumpió.

—¿Seguro? Porque si queremos a sobrevivir a esta misión suicida por todo el universo, necesitaremos que todo el mundo a bordo de esta nave se entrene y esté listo para luchar. Freddie necesita saber cómo matar en un santiamén. ¿Quieres que dude cuando sea tu vida la que esté en juego?

—De acuerdo —gimió—. Jace, lo juro por los dioses... —Se apartó de mí y volvió al interior—. Frederick, prepárate.

—¿V-vas a pegarme otra vez? —preguntó Freddie.

Entré en la bodega y me apoyé contra la barandilla sobre las escaleras, mirando a Abigail mientras descendía.

—Te pateará el trasero hasta que aprendas, Fred.

—Madre mía —dijo, inspirando hondo.

Abigail adoptó su pose de lucha.

—Ignóralo e intenta igualarme.

CAPÍTULO 4

DEJÉ A ABIGAIL y Freddie entrenando, o más bien dejé a Freddie recibiendo una paliza de la monja, y luego me dirigí al salón.

Hitchens estaba allí, sentado en el sofá con Lex. Tenía una caja en las manos, una de las antiguas reliquias que habíamos sacado del cinturón de asteroides. Se la dio a la niña y ella la cogió con una sonrisa. El dispositivo se encendió al instante, iluminando su rostro.

—¿Te has agenciado otro juguete? —pregunté, cruzando los brazos y apoyándome contra la pared a unos metros del sofá.

—¡Ah, capitán! Esperaba poder hablar contigo sobre algo cuando tengas un momento.

—Parece que ahora estás ocupado —dije, señalando el cuadrado brillante en las manos de Lex—. ¿Has conseguido otra caja de música?

Me dirigí a la zona de refrigerio y contemplé el lugar donde había estado mi cafetera antes de que Fratley y sus matones abordaran mi nave y rompieran la mitad de los muebles. Echaba de menos ese delicioso brebaje más que ninguna otra cosa.

—No exactamente —dijo el doctor—. Esto es un poco menos divertido. Es más como una...

La caja se abrió de repente y la tapa se levantó. El sonido sorprendió a Lex, pero poco después ya se estaba riendo.

—Una caja fuerte —acabó de decir Hitchens. Se rio entre dientes—. Es hora de ver lo que hay dentro.

Lex miró por la rendija de la abertura.

—¿Qué es eso?

Hitchens metió la mano en el interior y sacó un objeto más pequeño. Era plano, como una tablilla, pero no tenía pantalla.

—Qué extraño —murmuró el arqueólogo—. Nunca había visto nada parecido.

—¿Es un juguete? —preguntó la niña.

—Podría ser —dijo con un asentimiento. La miró y sonrió—. ¿Te parece si lo averiguamos?

Ella sonrió.

—¡Vale!

Hitchens le quitó la caja fuerte y la luz del interior se atenuó de inmediato. Se oscureció tras unos pocos segundos. Le entregó el otro objeto, mucho más pequeño, y ella lo tomó en sus manos con curiosidad.

Todos miramos, esperando a que sucediera algo.

—¿Qué se supone que hace? —pregunté después de que pasara un minuto.

Hitchens se tocó la barbilla.

—A lo mejor no funciona bien. Es posible que deba reemplazar algunas piezas, aunque no sé si las tengo a mano. Lex, querida, ¿podrías volver a colocar el dispositivo dentro de...?

Un repentino estallido de luz explotó entre las manos de la niña e impactó contra la pared más lejana, cerca de la puerta de la cabina.

Me tiré al suelo en un acto reflejo.

—¡Me cago en todo!

Lex gritó y soltó el objeto. Retrocedió y se dejó caer en el sofá. Hitchens la rodeó con los brazos, protegiéndola de lo que fuera que estuviera pasando.

La luz se desvaneció poco después de su aparición, pero eso no impidió que la niña o Hitchens entraran en pánico. Me puse de pie y asesté una patada a la pequeña máquina para alejarla de ella. Acabó debajo de la mesa de la cafetera.

Hitchens liberó a Lex.

—¡Madre mía! ¿Estás bien?

—Mi... mi mano —murmuró, las lágrimas corrían por sus mejillas mientras se miraba los dedos. Los tenía rojos y ensangrentados.

—Cielos —dijo Hitchens, tomando las manos de la niña entre las suyas con sumo cuidado—. ¡Capitán! ¡Capitán, Lex necesita atención médica!

Me toqué la oreja.

—¡Siggy, dile a Octavia que arrastre el culo hasta el salón! Que venga Abigail también. Querrá estar aquí.

—Sí, señor —respondió Sigmond.

—¿Puedes doblar los dedos? —preguntó Hitchens. Parecía preocupado, pero me di cuenta de que estaba tratando de ocultarlo—. Intenta cerrar el puño, por favor.

—V-vale —accedió, e hizo lo que le pedía. Apretó los dedos y se estremeció un poco, pero aun así lo hizo.

Me recordó lo dura que era aquella niña, para bien o para mal.

Octavia llegó rodando por el pasillo en cuestión de segundos.

—¿Qué pasa?

Se detuvo justo en frente del sofá.

—Lex se ha quemado las manos —le dije—. Es culpa de Hitchens. Le ha dado una de esas estúpidas reliquias.

Se inclinó hacia Lex y la agarró de la muñeca para examinarle la herida.

—Parece una quemadura —dijo—. Doctor, ¿tiene razón el capitán? ¿Tú has hecho esto?

Hitchens frunció el ceño.

—Lo siento mucho. Sí, es cierto, Octavia. No lo he pensado bien. Lo siento mucho, Lex.

—No pasa nada, señor Hitchens —dijo Lex, secándose los ojos en el hombro—. Ya no me duele tanto.

—¿No? —preguntó Hitchens.

—No, no tanto—respondió, pero luego se estremeció cuando Octavia la tocó.

—Parece que te ha dejado los dedos bastante sensibles. Vamos a ponerte un poco de gel —sugirió Octavia—. Doctor, ¿puedes ir a mi habitación a buscarlo? Yo iré a por el botiquín.

—Ahora mismo —dijo Hitchens mientras se levantaba del sofá—. Hagamos lo que dice Octavia, Lex.

Lo vi guiar a la niña por el pasillo. Cuando estuvieron cerca de la habitación, Octavia giró la silla para mirarme.

—¿Dónde está? —preguntó.

—¿Dónde está el qué? —pregunté a mi vez.

—El dispositivo del que has hablado. Supongo que sigue aquí.

—Justo ahí, debajo de la mesa —dije, haciendo un gesto con la cabeza.

Lo examinó con curiosidad antes de volver a mirarme.

—Deshazte de eso.

—¿No quieres conservarlo y estudiarlo? —Aquella declaración me sorprendió, dado su historial como arqueóloga, igual que Hitchens.

—No si es lo suficientemente peligroso para hacer eso. ¿Le has visto los dedos?

—Parecían fastidiados, sí.

—Tiene quemaduras de segundo grado, capitán. Son lesiones graves.

—No parecía que le doliera tanto —dije.

—Supongo que le dolerá pronto, una vez que se le haya pasado la conmoción inicial.

Eché un vistazo al dispositivo que había en el suelo, a lo que fuera que acababa de lanzar un rayo de luz en mi salón.

—Supongo que debería buscar algún sitio donde tirar esto.

No tiré la caja. En vez de eso, la volví a meter dentro del contenedor en el que venía y luego lo guardé en el armario de mi habitación.

En Tauro, mi viejo amigo Ollie (descanse en paz) me había dicho que esas reliquias valían su peso en créditos. Si conservaba aquel trasto, a lo mejor podría encontrar a algún comerciante en alguna parte que anhelara tenerlo desesperadamente.

Joder, tenía que pagar el combustible de alguna manera, ¿no?

—Saldremos del desliespacio en diez minutos, señor —anunció Siggy.

—Ya voy —dije; salí de la habitación y cerré la puerta tras de mí.

Por el aspecto del salón, lo más probable era que todos estuvieran con Lex, sin duda preocupados por su bienestar.

Era posible que pensaran de mí que no tenía corazón porque la estaba ignorando, pero yo sabía que se equivocaban. Esa niña era más dura que la mayoría. No era de porcelana. Era fuerte. Tenía lo que había que tener para estar allí.

Lo había visto en su cara, cuando Fratley se había presentado... Cuando lo había matado, justo en esa misma nave. Lex lo había visto todo, pero nada de aquello la había trastocado. La única forma de que alguien pasara por algo así, especialmente una niña, era si había presenciado algo peor.

Apostaría a que muchísimo peor.

Lex debía de saber qué era la muerte antes de subir a bordo de mi nave. Una niña así, atrapada en una galaxia como aquella... Tenía sentido que hubiera visto una matanza o dos mucho antes de que yo apareciera en su vida.

Sonreí mientras caminaba por el pasillo.

«Cualquiera que sea tu historia, niña, me alegro de que hayas llegado tan lejos».

Salimos del desliespacio poco después de que me sentara y me abrochara el cinturón. El rayo esmeralda de la grieta desapareció a nuestra espalda cuando el túnel se cerró.

—Activa el campo, Siggy.

—Entendido, señor. ¿Quiere que avance hasta la siguiente entrada del túnel?

—Eso estaría bien —respondí—. ¿Hay algún movimiento en el sistema?

—Afirmativo, señor. Parece que hay un proyecto de construcción en la luna que rodea al gigante gaseoso más cercano.

Eso fue toda una sorpresa. Había asumido que, cuando llegáramos, estaríamos solos.

—¿Por qué no me lo has dicho antes de que llegáramos?

—Mis disculpas, señor, pero este proyecto aún no se ha incluido en el mapa universal de la red galáctica.

—Quizás no quieran que la Unión se entere —sugerí—. O, para el caso, los sarkonianos.

—Es una posibilidad, señor.

—¿Puedes llevar a cabo un escaneo exhaustivo y decirme lo que hay?

—Ya está hecho —dijo Sigmond, que, como siempre, se anticipaba a mis necesidades—. Parece haber una modesta selección de tiendas en el mercado local, así como una gasolinera completamente funcional.

Apareció una lista holográfica de comerciantes que vendían desde cerveza hasta ropa y carne de res.

—Si se me permite hacer una sugerencia, capitán —continuó Sigmond—. A nuestras reservas de combustible les iría bien una reposición.

Pensé en la nevera y en la falta de comida.

—Ahora que lo mencionas, podríamos necesitar más que eso, Siggy.

Escuché un golpe rápido en la puerta.

—¿Señor Hughes? ¿Estás ahí? —La puerta se abrió de golpe y me giré para ver cómo Lex se asomaba por ella. Mantuvo la mayor parte del cuerpo detrás de la pared, temerosa de entrar—. Mmm.

—¿Qué pasa, niña? ¿No deberías estar descansando para reponerte de esa explosión?

—Eso fue hace un rato —dijo, abrazándose a la puerta y rebotando un poco—. ¿Qué estás haciendo aquí?

—Hemos encontrado un lugar donde esperar. —Me alejé de ella y volví al tablero.

La escuché entrar y tomar asiento a mi lado.

—¿A qué estamos esperando?

—Todavía no estoy seguro —murmuré.

—Ah.

Eché un vistazo a su mano. La llevaba vendada, probablemente gracias a Octavia.

—¿Qué tal la mano?

—¿Eh? Ah... —Apartó la mano y se la colocó en el regazo para cubrirse los dedos con la otra palma—. Está mejor.

—¿Mejor? —pregunté—. No seas tan humilde, pequeña.

Sus ojos se posaron en el tablero, como si estuviera avergonzada.

Nos limitamos a estar allí sentados, sin decir nada. Yo no dejaba de pensar que se levantaría y se iría, pero no lo hizo. Después de un rato, me aclaré la garganta, cansado del silencio.

—Oye. Cuando tengas mejor la mano, puedo dejarte un videojuego. Es de carreras. ¿Te gustan los de carreras?

—¿Cuáles son los de carreras? —preguntó.

—Es un juego en el que diez naves compiten para ver cuál es la más rápida.

—¿Es difícil?

—Depende de lo buena que seas. Para mí, es fácil. Pero para ti... —Arqueé la ceja y negué con la cabeza—. Puede que sea demasiado. Hay que ser muy duro para ganar una carrera, ¿sabes?

—Yo soy dura —dijo, sentándose con la espalda muy recta—. Puedo hacerlo.

—¿De verdad? No pareces demasiado dura. ¿Cómo voy a saberlo?

—¡Lo soy! —insistió—. ¡Puedo hacerlo!

Me toqué la barbilla.

—Mmm... Sí, bueno, a lo mejor sí que eres dura.

—Sí —corroboró a toda prisa—. Te lo prometo.

—Bueno, cuando tengas mejor la mano, tendremos que averiguarlo. Podrás demostrármelo.

—¡Pero ya la tengo bien! —Levantó el apéndice vendado, sin ningún rastro de timidez al respecto—. ¿Ves? ¡Está mejor!

—Estoy seguro de que sí —dije, intentando sonar como si la creyera—. Pero démosle más tiempo para curarse. Seguro que no quieres tenerla demasiado sensible.

Frunció el ceño.

—¡Pero ya está mejor! Mira, señor Hughes.

Empezó a quitarse el vendaje de alrededor de los dedos.

—Oye, espera un segundo —le advertí—. No deberías hacer eso.

«Maldita sea, ¿en qué estaría yo pensando?».

Se quitó las vendas a toda prisa y cayeron al suelo entre nuestros asientos.

—¿Ves? Mira, señor Hughes.

Lex levantó la mano entre nosotros y agitó los dedos. Esperaba verlos inflamados, posiblemente carbonizados y ensangrentados por la explosión. En cambio, habían adquirido un tono rosado suave, como la piel de un recién nacido. Le cogí la mano y se la inmovilicé para poder ver bien.

—¿Qué narices...? —murmuré mientras me inclinaba hacia delante, buscando las quemaduras—. ¿Qué ha pasado? ¿Por qué ya no están las quemaduras? Ni siquiera te ha quedado cicatriz.

Lex sonrió.

—¿Significa esto que ya puedo jugar al videojuego?

—Espera —le dije—. Siggy, ¿grabaste el incidente en el salón? Respóndeme por privado.

—Por supuesto, señor —escuché que decía su voz en mi oído—. ¿Quiere que vuelva a reproducir el metraje?

Eché un vistazo a Lex, que me miraba sin dejar de sonreír. Lo más seguro es que fuera a reproducir el vídeo delante de ella. Puede que fuera dura, pero no sabía si sería capaz de sentarse y ver cómo ella misma se hacía daño. Además, Abigail me mataría.

—No —decidí al final—. Limítate a hacer un análisis rápido y dime cómo de graves fueron las lesiones.

Le cogí la mano a Lex y se la volví a vendar. Por alguna razón, sentí que era lo mejor que podía hacer.

Unos pocos segundos después, Siggy tuvo lista una respuesta.

—El análisis inicial de Octavia Brie fue parcialmente correcto, señor. Lex tenía quemaduras de segundo grado, pero también las había de primer grado a lo largo del dedo índice.

Giré en mi asiento y volví a cogerle la mano a Lex para examinarle los dedos. Ninguno parecía dañado, por lo que podía ver.

—¿Cuánto tiempo tarda en curarse una quemadura como esa, Siggy?

—Dados los recursos médicos disponibles a bordo, mi estimación sería de seis días. Sin embargo, era posible que quedaran cicatrices y algo de decoloración durante más tiempo.

Solté la mano de Lex. Ella la dejó caer sobre el regazo y me miró con sus grandes y curiosos ojos azules.

Me aparté de ella y bajé la voz para que apenas fuera más que un susurro.

—Siggy, si se supone que tendría que haber cicatrices o algo así, si se supone que las quemaduras eran tan malas como has dicho, ¿tienes alguna explicación de por qué nada de eso ha sucedido?

Él respondió:

—Ninguna en absoluto, señor.

Poco después de mi charla con Lex, pedí a Abigail y Octavia que se reunieran conmigo en la bodega de carga,

Octavia estaba sentada en su silla de ruedas, con las palmas de las manos sobre las ruedas. Tuvimos que quedarnos en la planta superior, en lo alto de las escaleras, porque no tenía rampa.

—¿Qué estamos haciendo aquí? —preguntó Abigail, con el culo apoyado en la barandilla—. ¿Tiene algo que ver con la razón por la que nos hemos detenido en este sistema?

—Ya hablaremos de eso luego —dije, sin perder el tiempo—. Primero, ¿alguna de vosotras ha visto la mano de Lex?

Se miraron la una a la otra.

—¿Qué quieres decir? —preguntó Octavia—. ¿Te refieres al vendaje?

—No, me refiero a lo que hay debajo del vendaje.

—Había una herida, la última vez que miré —respondió.

—¿De qué va todo esto? —preguntó Abigail—. Capitán, ¿qué ha pasado exactamente?

—No es lo que ha pasado. Es lo que no ha pasado.

Ella ladeó la cabeza.

—¿Cómo dices?

Alargué un dedo y señalé el pasillo.

—Todas las heridas dela niña se han curado. No tiene quemaduras.

—¿Dices que no tiene quemaduras? —preguntó Octavia.

—Ninguna —confirmé.

Hizo una pausa y pude ver que estaba intentando recordar.

—No, no, las vi —dijo al final—. Tenía quemaduras graves en todos los dedos.

—Ya no. Su piel está inmaculada.

—Seguro que no sabías lo que estabas viendo —sugirió Abigail.

—¿Quieres que la haga venir? —pregunté—. Está en el salón jugando a un videojuego que le he dado, pero podemos traerla aquí y lo podéis ver vosotras mismas.

—Espera, capitán —dijo Octavia—. Lo que insinúas es que sus heridas se han curado en cuestión de horas. ¿Es eso correcto?

—No estoy insinuando nada —la corregí—. Os estoy contando lo que he visto.

Abigail hizo un gesto en mi dirección.

—Pero eso es lo que estás diciendo, a tu extraña manera.

—No hay forma de que esas quemaduras se hayan curado. No es posible —dijo Octavia.

—Bueno, pues lo han hecho —dije, encogiéndome de hombros.

Abigail miró a Octavia.

—¿Es posible que te equivocaras con el diagnóstico?

—No lo creo. —Empujó las ruedas y giró la silla—. Vamos a hablar con ella.

Di un paso atrás para apartarme y dejarla pasar. Para alguien que estaba confinada en una silla, se alejó rodando por el pasillo a buena velocidad, y las ruedas hacían ruido al girar.

Encontramos a Lex justo donde la había dejado: sentada en el sofá con una tablilla pequeña, inclinándola hacia la izquierda y hacia la derecha mientras jugaba. Era fácil ver que se estaba divirtiendo, estrellando su nave contra las barreras invisibles de la pista de carreras mientras se trasladaba de una parte del sistema solar a la siguiente. Iba en decimotercera posición, estaba perdiendo a lo grande.

La pobre niña no tenía ninguna habilidad.

—Lex, cielo, ¿podemos hablar contigo un momento? —preguntó Octavia.

La niña levantó la vista de la pantalla.

—¿Eh? Pero es que estoy compitiendo.

—Solo será un segundo —dijo Abigail—. Luego podrás acabar de jugar.

Lex frunció el ceño y me miró con una expresión que decía: por favor, señor Hughes, sálvame.

Me encogí de hombros, sin decir nada.

Lex dejó caer la cabeza, derrotada, y colocó la tablilla en el sofá.

—¿Nos enseñas la mano? —preguntó Octavia.

Lex asintió, luego Octavia se inclinó y tomó su palma con cuidado.

Abigail y yo observamos mientras retiraba el vendaje de la niña y le examinaba la mano. Octavia puso los ojos como platos, como si no entendiera lo que estaba viendo, pero se recompuso de inmediato.

—Gracias, Lex —dijo con calma. No se molestó en volver a vendarle la mano a la niña.

—¿Puedo jugar ya? —preguntó Lex.

—Adelante —dijo Octavia—. ¿Pero te importa hacerlo en tu habitación?

La niña asintió, se bajó del sofá de un salto y se dirigió al pasillo. Esperamos hasta que se perdió de vista antes de intercambiar miradas entre nosotros.

—¿Veis de lo que hablo? —pregunté a las dos mujeres.

—Seguro que la quemadura no era tan grave —dijo Abigail.

—Esto no tiene sentido —murmuró Octavia, mirando los vendajes.

Abigail se sentó en el sofá, miró las vendas y luego a Octavia.

—¿Estás segura de que no te equivocaste...?

—No me equivoqué —protestó Octavia, mirándola—. Te lo aseguro, esa chica tenía quemaduras en las manos. Delas que no se curan en unas pocas horas.

Abigail empezó a responder, pero la interrumpí.

—He hecho que Siggy revisara las grabaciones. Ha dicho que no había forma de que esas quemaduras se curaran tan rápido.

—Sigmond, ¿es eso cierto? —preguntó.

—Lo es —dijo la IA, cuya voz inundó la habitación.

—No veo cómo es posible —dijo Abigail.

—¿Alguna vez se ha recuperado tan rápido antes? —preguntó Octavia.

—No que yo sepa —dijo Abigail, pero luego vaciló, casi a la deriva en sus pensamientos, como si no estuviera del todo segura.

Me di cuenta de que le estaba costando recordar, así que intenté formular la pregunta de una forma diferente.

—¿Alguna vez la has visto hacerse daño?

La monja me miró.

—Sabes que sí.

—¿Ah sí? ¿Lo sé?

—Cuando los hombres de Fratley abordaron nuestra nave. Esos matones la vapulearon.

—No —la corregí—. Te vapulearon a ti, no a Lex. Yo lo vi todo. A lo mejor tú no, ya que te dejaron inconsciente.

—Cuidado, capitán —dijo, echándome una mirada que sugería que, si no me callaba, me arrepentiría.

—Eso da igual —intervino Octavia—. ¿Ha resultado herida bajo tu vigilancia en alguna otra ocasión?

La franqueza de la pregunta me sorprendió. Era como si hubiera preguntado si Abigail era una guardiana negligente.

—No, nada serio —dijo Abigail.

—Es posible que necesitemos más información.

—¿Qué estás sugiriendo? —pregunté—. ¿Quieres hacerle un corte? ¿Ver cuánto tarda en curarse?

Octavia se quedó callada unos instantes.

—No, no podemos hacer eso —acabó diciendo.

—Entonces ¿qué sugieres? —pregunté.

Hizo una pausa de unos segundos mientras miraba el vendaje que seguía teniendo en el regazo. Lo cogió y los extremos manchados de sangre de la tela cayeron contra su brazo.

—Es posible que tenga una idea.

Octavia pidió a Hitchens que se reuniera con nosotros en la bodega de carga. Le sugirió que llevara a Lex y un microscopio electrónico. Él avanzó por el pasillo a toda prisa pero con torpeza con el voluminoso equipo en brazos.

—¿Dónde lo dejo? —preguntó, respirando con dificultad mientras entraba en la bodega de carga. Lex iba justo detrás de él, con su pequeño cohete, haciéndolo volar por los aires y emitiendo silbidos.

—A ser posible, donde yo llegue bien —dijo Octavia.

—En la mesa, entonces. —Se encaminó hacia un lateral de la habitación, cerca del casillero—. Ya está.

—Lex, cariño, ¿puedes venir aquí un momento? —preguntó Abigail.

La niña hizo lo que le pedían y corrió al lado de Abby. La monja le dio la mano y sonrió.

Octavia le hizo un gesto para que se acercara.

—¿Puedo volver a ver tu mano, Lex?

—Claro —dijo Lex, extendiendo el brazo.

La ayudante del arqueólogo y exmédico de la Unión cogió un pequeño dispositivo y lo colocó con suavidad en la muñeca de la niña. En cierto modo se parecía a una pistola, con un gatillo y una empuñadura. Colocó el cañón sobre la piel dela niña y escuché un suave clic.

Lex no pareció darse cuenta, y eso si es que le produjo algún dolor. Usó su mano libre para seguir jugando con el cohete, siguió haciendo volar el juguete alrededor de su cabeza con una sonrisa.

Al final, Octavia la dejó ir.

—Ya está —dijo—. Ahora puedes irte a jugar.

Lex no dijo nada y se limitó a bajar corriendo las escaleras hacia la zona más grande de la bodega.

—¿Qué tienes pensado? —pregunté una vez que la niña estuvo lo suficientemente lejos.

—Vamos a analizar las células de su piel para ver qué podemos encontrar —dijo Octavia.

—¿Qué resultados esperas? —pregunté

—No estoy segura todavía —admitió—. Puede que no encontremos nada en absoluto, pero algo está pasando. Creo que todos estamos de acuerdo en eso.

Asentí.

—¿Cuánto tiempo tardará? —preguntó Abigail.

—Media hora como máximo —dijo—. Podéis...

Mi auricular hizo clic.

—Señor, si no le importa —intervino Sigmond—. Hay un túnel de deslizamiento que se está abriendo cerca de nuestra posición.

Levanté la mano para silenciar al grupo, luego me toqué un lado de la oreja.

—¿Has dicho un túnel, Siggy?

—Correcto. Estoy ejecutando un escaneo para determinar el código de clasificación de la nave en cuestión.

—Tengo que irme —dije—. Quedaos aquí y jugad con vuestra sangre. O piel. O lo que sea. Estaré en el puente.

—¿Pasa algo, capitán? —preguntó Hitchens.

—Alguien acaba de salir del desliespacio en la misma dirección que lo hemos hecho nosotros. Podría ser un problema, pero todavía no estoy seguro.

—¿Alguien? —repitió Abigail—. Pero no estamos cerca de ninguna colonia.

Sabía a dónde iba con aquello, y mentiría si dijera que no se me había pasado ya por la cabeza. Si alguien había ido hasta allí, tan lejos de las colonias conocidas, era muy probable que tuviera algo que ver con nosotros. Puede que eso no fuera una garantía, pero no pensaba correr el riesgo. Ese día no.

Comencé a trotar hacia la parte delantera de la nave, luego le ordené a Sigmond que cerrara la puerta detrás de mí una vez que estuviera dentro de la cabina. No tenía tiempo para distracciones, vinieran de la monja o dela niña. Tenía trabajo que hacer.

—Siggy, ¿qué tenemos? —pregunté, agarrando los controles y preparándome para disparar el cañón cuádruple, en caso de que surgiera la necesidad.

—No detecto naves entrantes —respondió Siggy.

—¿Ninguna? Entonces, ¿por qué se abre un túnel?

—No estoy seguro.

—Bueno, será mejor que te asegures ahora mismo.

—Entendido, señor. Continúo con los escaneos.

La grieta se cerró después de otro momento, ocultando las olas verdes de modo que solo quedaron las estrellas. Me senté allí, sin parpadear siquiera. Esperando como un idiota.

—¿Siggy? —pregunté—. ¿Tenemos algo?

—No hay señales de movimiento —respondió—. Esto es de lo más inusual, señor.

—¿Inusual? —repetí—. ¿Cuándo fue la última vez que viste un túnel de deslizamiento cerrarse sin que nadie pasara por él?

—No tengo registros de ningún acontecimiento semejante.

—Yo tampoco —murmuré, mirando a través de la pantalla. Toqué la consola, preguntándome si era posible que los protocolos de detección de Sigmond estuvieran funcionando mal. Había pasado un tiempo desde que lo había actualizado. A lo mejor sele había pasado algo por alto.

No, había comprobado los escáneres secundarios y coincidían con los resultados que había dado Siggy.

Lo que fuera que estuviera pasando, me daba mala espina... Y sabía que era mejor no ignorar ese sentimiento.

Capítulo 6

Siete horas y dos túneles de deslizamiento más tarde, nuestros escáneres detectaron una pequeña colonia lunar cerca de un sistema llamado Proxi Beta, que recibía dicho nombre por ser el vecino pequeño de Proxi Alpha.

Técnicamente, el sistema estaba dentro del territorio sarkoniano, aunque solo había un puñado de naves militares en el área. Eso se debía a que la colonia en cuestión aún estaba en plena construcción, razón por la cual había decidido ir hasta allí. Todavía faltaban unos meses para que el sistema fuera un hervidero de actividad por la que tuviera que preocuparme. Hasta entonces, podría repostar y reabastecer mi nave para seguir con mi ruta, todo sin que nadie se diera cuenta.

Además, los sarkonianos permitían que los comerciantes visitaran sus colonias más remotas, que a menudo establecían como zonas comerciales. Eso ayudaba a mantener viva su ruinosa economías. Gracias a mis contactos de renegado y al uso de la red galáctica había logrado obtener credenciales como operador de salvamento. Eran lo suficientemente discretas como para evitar llamar la atención, y al mismo tiempo me daban una razón válida para estar allí, en medio de la nada.

—¿Todo el mundo sabe lo que tiene que hacer? —preguntó Abigail, de pie a mi lado en la bodega de carga. La *Estrella Renegada* acababa de alunizar y traspasar la cúpula de habitabilidad. Habíamos aparcado en la tercera plataforma de acoplamiento más grande que había. Plaza 226.

Freddie asintió.

—Yo me encargo del combustible.

—Y nosotros vamos a quedarnos aquí —dijo Hitchens, refiriéndose a él y a Octavia.

—Correcto —confirmó Abigail—. No hay que tardar más tiempo del necesario. Nada de hacer turismo.

—Dudo que haya mucho que ver de todos modos —dije.

—¿Qué vais a hacer vosotros dos? —preguntó Freddie, señalándonos a la monja ya mí.

—Vamos a buscar suministros para la nave —respondí.

—Te refieres a comida —dijo Octavia, mirándome de forma rara.

Arqueé una ceja.

—En parte.

—Solo quieres comer y emborracharte.

—Soy el capitán de esta nave y puedo decidir qué tipo de suministros llevamos. Fin de la historia.

—Vale, pero al menos trae cosas que todos podamos disfrutar. No solo carne y toda esa basura ultraprocesada que tanto te gusta.

—No puedo prometerte nada —dije.

Abigail juntó las manos.

—De acuerdo, nos reuniremos otra vez en la nave dentro de dos horas. Movámonos rápido. —Me miró—. E intentad no llamar demasiado la atención.

—¿Estás hablando de mí, monja? —pregunté.

—¿A quién iba a referirse si no? —preguntó Octavia.

Dejamos a Lex en la nave con Octavia y Hitchens, para su inmensa frustración. Sin embargo, no discutió al respecto.

Parecía que la niña empezaba a entender la situación.

Freddie estaba fuera, llenando el motor de combustible. Él sería el primero en volver, lo que significaba que lo único que Abigail y yo teníamos que hacer era comprar los suministros y darnos prisa en volver. No era difícil, salvo que se dieran circunstancias imprevistas, y no esperaba que pasara nada fuera de lo común. Estábamos en mitad de la nada en una luna pequeña, sin señales ni indicios de la Unión. No había motivo de alarma.

Mientras tanto, podría comprar bocadillos y cerveza, tal vez incluso encontrar algunos dulces.

Abigail y yo entramos por la gran abertura del hangar de la colonia, que a todas luces seguía en plena construcción. Había vigas metálicas junto a las paredes de yeso a medio terminar, prácticamente sin ningún accesorio decorativo todavía.

Por supuesto, nada de eso había impedido que miles de personas acudieran y llenaran las calles.

La colonia estaba formada por tres cúpulas. Una cúpula central mayor, con dos más pequeñas a cada lado. Era una elección de diseño habitual en colonias de ese tamaño, y la reconocí de inmediato. Esas cosas eran lo bastante resistentes como para soportar unos cuantos meteoros, porque tenían que serlo, pero no lo suficientemente resistentes como para poder hacer frente a un ataque a gran escala. El tipo de estructura fortificada que los resistía tardaba años en construirse, a diferencia de aquella, que había surgido de la noche a la mañana, probablemente en los últimos dos meses. Lo cierto era que no haría falta mucho para destruirla si los sarkonianos o la Unión sintieran ganas de hacerlo, pero tenía la impresión de que aquel lugar había quedado fuera del mapa de la red galáctica por una razón.

—Bienvenidos a Spiketown —gritó un hombre con un sombrero muy raro cuando traspasamos la enorme apertura—. ¿Les apetece comprar un rifle? No pueden usarlos en la ciudad, pero son excelentes para cazar en Decca Tres, a solo unos pocos sistemas de aquí. Veo que lleva una pistola ahí. ¿Quiere munición extra? Tengo un montón de...

—No me interesa —dije con una voz fría que sugería que podría sacarle el esófago por la boca si volvía a preguntarme.

—E-entendido, señor —respondió mientras retrocedía lentamente.

Habían construido un caos de edificios dispersos por toda la cúpula, alineados a un lado y al otro.

—Me pregunto dónde está el mercado —dije, todavía escudriñando las calles.

Abigail se acercó al mismo hombre de antes.

—¿Dónde están todas las tiendas?

—Oh, eh, por esta calle ya la izquierda, pero hay un buen paseo. Por eso he instalado mi puesto aquí, cerca de la entrada.

Bastante inteligente, ¿verdad? De esa forma puedo recibir a todos los amables...

Ella se dio la vuelta, se alejó y lo dejó solo para que sus palabras murieran a mitad de la frase.

—Todo recto ya la izquierda —dijo al volver.

—Bastante sencillo—comenté.

La voz de Octavia sonó en mi oído a través del comunicador.

—Capitán, vamos a preguntar por el hangar y ver si podemos encontrar algunos suministros médicos. Me parece que tiene que haber algún tipo de instalación médica. Te haré saber lo que encuentre. —Hubo una breve pausa—. Aunque tengo mis reservas sobre la calidad.

—Usa el comunicador si las cosas se complican demasiado—le dije.

—No te preocupes por nosotros —dijo Octavia—. Puedo ocuparme de lo que surja. Concéntrate en conseguir los demás suministros.

Sonreí.

—¿Vas a machacarlos con tus ruedas?

—Sigue hablando y te lo enseñaré de primera mano —respondió.

Me reí mientras echaba a andar. Casi la creía.

Abigail aceleró el paso para ponerse a mi altura mientras paseábamos por las calles hacia el mercado. Era una ciudad fría, si es que se la podía llamar así, y olía a grasa y a goma quemada, un efecto secundario común en aquel tipo de construcciones. Las calles estaban llenas de residentes y visitantes, que a saber por qué estaban allí, la mayoría de ellos con sus uniformes de trabajo.

Llegamos al final de la calle y giramos a la izquierda tal como había indicado el vendedor de armas. No tardamos en ver el mercado, sus docenas de tenderetes y chozas construidas apresuradamente y preparadas para que echáramos un vistazo. Después de un momento, me llegó un aroma a carne cocida que permaneció en el aire un rato antes de desaparecer. Olía a carne de res ahumada y carbonizada. A medida que nos acercábamos, vi una fogata con brochetas de carne descansando sobre las llamas y se me hizo la boca agua por la anticipación.

Sin decirle ni una palabra a Abigail, caminé a toda prisa hacia el vendedor, agitando un dedo para llamar su atención. Me asintió con la cabeza y retiró una de las brochetas.

Cogí el palo y desgarré el trozo de carne más grande. Era áspera y correosa, con un sabor extraño que no reconocí. No era carne de res, como había creído, ni ningún tipo de ave que yo conociera, sino otra cosa. Sin embargo, no estaba mala, en absoluto. De hecho, podría haber sido casi cualquier tipo de carne y me habría sentido satisfecho.

—¿Qué tal está? —preguntó Abigail.

Sonreí con la carne entre los dientes.

—Mejor de lo que esperaba —respondí, mordiendo otro trozo.

—Doce créditos —dijo el cocinero, sosteniendo una tablilla.

Me toqué la oreja.

—Siggy, transfiere el dinero.

—Procesando —dijo Sigmond—. Transacción completada.

El vendedor miró la tablilla, asintió y sonrió.

—Encantado de hacer negocios con usted.

—¿Puedo preguntar —dije, tragando y arrancando otro bocado—, qué es esto?

—Rombdin —dijo de forma inexpresiva.

Nunca antes había oído hablar de aquel animal, así que seguí presionando.

—¿Qué es un rombdin?

—¿Nunca has oído hablar de él? —preguntó.

—¿Debería? ¿Es un tipo de pájaro o algo así?

—Es una alimaña —dijo encogiéndose de hombros—. Como una rata.

Abigail estaba detrás de mí y jadeó de repente.

—¿Una qué?

—Alimaña —repitió el hombre—. ¿Qué pasa? ¿No le gusta?

Contemplé la carne que aún quedaba en mi brocheta.

—¡Jace, deja eso! —dijo Abigail, cuya voz rebosaba disgusto—. No podemos comer nada de esto. ¡Es horrible!

Mi estómago gruñó mientras mis ojos permanecían fijos en el pincho.

—Pero...

Ella sacudió la cabeza.

—Esto es lo que pasa cuando no haces ninguna pregunta antes de tirarte de cabeza.

—Pero...

—¿Qué? No me digas que estás pensando en comerte el resto. ¿Sabes qué tipo de enfermedades podría transmitir?

—Nada de enfermedades —aseguró el comerciante—. Si se cocina el rombdin, el fuego lo mata todo.

Me salivó la boca al ver la carne, su piel carbonizada mezclada con la sal y las especias.

—Jace, por favor, te vas a poner malo si...

Arranqué el resto de la carne, rasgando la dura carne de rombdin para devorarla. Apenas mastiqué antes de tragar.

Levanté la brocheta y sonreí.

—¡Otra!

El vendedor me devolvió la sonrisa y me entregó una segunda ración.

Abigail compuso una mueca y apartó la mirada.

—No puedo ver esto.

Cuando me harté de aquella comida parecida a las ratas, coloqué las brochetas en la piedra junto a la hoguera y me puse de pie.

—¿Lista? Necesito bajar la comida. —Me golpeé el vientre.

Ni siquiera me miró.

—Hueles a vómito. ¿Lo sabías?

Sonreí.

—A mí me huele a victoria.

Abigail insistió en que solo compráramos alimentos importados, sellados y congelados. Intenté argumentar a favor de llevarnos algo de rombdin, pero ella no pensaba transigir, así que lo dejé pasar.

Después de llenar un carrito hasta arriba con los suministros, decidí que quería orinar, así que le dije a Abigail que no se moviera mientras yo iba a aliviarme.

El baño más cercano estaba a un buen paseo, pero había un callejón entre dos edificios y no quería esperar. Tampoco me pareció que importara, ya que olía a orina de todos modos. Me alejé de la calle, entré en el callejón y me puse a ello.

Justo cuando estaba terminando y abrochándome los pantalones, escuché que algo se movía detrás de mí. Me giré, con la mano en la pistola, listo para desenfundar.

Era una chica joven, vestida con harapos, que sostenía un objeto debajo del brazo.

—Ups —dijo, casi chocando conmigo.

Me aparté.

—¿Quién se supone que eres?

—N-no se preocupe por mí, señor —dijo con arrepentimiento—. Siento haberlo asustado.

—No lo has hecho. —Me fijé en la caja que llevaba debajo del brazo. Tenía un diseño único, con capas de metal superpuestas, similar a los artefactos antiguos que Hitchens había encontrado—. ¿Qué llevas ahí?

—Mmm, no es nada —dijo.

La caja, si es que se trataba de una, parecía del tamaño de mi cabeza, más o menos. Un poco más grande que aquella con la que Lex había estado jugando cuando se había quemado las manos.

—¿Qué estás haciendo con eso? —pregunté.

—Mi padre tiene una tienda. Puede comprarla, si lo desea. Tenemos más.

—¿Cuánto cuesta?

—No lo sé. Tendrá que preguntárselo a él. Es quien está a cargo.

Jugueteé con la idea de robársela allí mismo, pero me deshice de aquel impulso. Abigail me mataría si le quitaba algo a una cría.

—¿Puedes llevarme a tu tienda?

—Claro, señor. ¿De verdad quiere comprarla?

—Todavía no lo sé, pero es una posibilidad.

Se dirigió hacia la calle principal y me indicó que la siguiera.

Abigail seguía de pie junto al carrito con el resto de nuestros suministros. Usé el comunicador para decirle lo que estaba haciendo, ya que la multitud solo me retrasaría y quería seguir el ritmo de la chica.

—¿Qué quieres decir con que vas a ver una caja? —preguntó.

—Es una especie de reliquia. Se parece mucho a esa con la que estaban jugando Hitchens y Lex. Supongo que podría ser útil conseguirlas. Llévate los suministros y me reuniré contigo en la nave.

Ella resopló.

—Si crees que te voy a dejar ir por libre, estás loco —dijo—. Voy para allí. Sigmond, por favor, envíame la ubicación de Jace.

—Entendido —dijo Sigmond.

Casi maldije, molesto por tener una niñera, pero lo dejé pasar.

—¿Dónde está ese sitio, chica? —le pregunté mientras cruzábamos la calle y ella iba por delante.

Señaló una tienda de campaña de tamaño mediano justo delante de nosotros, roja y morada, con carteles de eventos pegados a los lados. Por lo visto, al día siguiente por la noche había un combate de lucha libre entre Mayfew y Cole. Además, había dos raves unas horas más tarde y en Doro's Grill había una oferta para la semana siguiente. Basándome únicamente en los anuncios, estaba empezando a pensar que aquel era el tipo de ciudad que me gustaba.

—He vuelto —dijo la chica mientras entraba corriendo en la tienda.

Traspasé la solapa abierta detrás de ella.

—Bienvenida de nuevo, Camilla —la saludó un hombre corpulento detrás del mostrador. Tenía una barba espesa tan poblada que se podría pensar que no se había afeitado ni un solo día en su vida. Sus antebrazos eran más gruesos que unas pantorrillas y tenía un pecho tan ancho que me pregunté por qué estaba trabajando allí en lugar de formar parte de un combate de gladiadores en otro mundo. Por lo que sabía, era posible que lo hubiera hecho alguna vez.

—Este hombre quiere preguntarte por las cosas del pozo —dijo Camilla.

—¿En serio? —preguntó el hombre corpulento. Me tendió la mano—. Bolin Abernathy. Encantado de conocerte, forastero.

Le estreché la mano.

—Jace —me limité a decir.

—¿Qué puedo hacer por ti, Jace? ¿De verdad estás interesado en comprar esas cajas?

—Podría ser —dije—. Depende del precio.

Arqueó una ceja.

—¿Que puedes ofrecer?

—No mucho, me temo. Solo soy un chatarrero, así que no me sobran los créditos, pero pagaré lo que pueda si el precio es justo.

Él asintió como si lo entendiera.

—¿Qué tal si empezamos con esta y avanzamos a partir de ahí? —Dio unos golpecitos con la palma de la mano a la caja que había llevado su hija.

—Claro —dije—. ¿Qué tal cincuenta créditos?

—No es una mala oferta inicial. ¿Podrías pagar cien?

Torcí el morro.

—No lo creo. No puedo sacarles mucho provecho a ese precio. En realidad, cualquier cosa por encima de los sesenta está difícil.

—Sesenta, ¿eh? —preguntó Bolin—. Bueno, tal vez podamos acordar ese precio, pero tendrías que llevarte más de una.

—¿Cuántas tienes?

—Esta es la única caja de este estilo, pero tenemos muchas otras cosas —dijo, dándole palmaditas en la cabeza a su hija—. Mi pequeña Camilla las saca de las excavaciones, pero no hay mucho material. Solo tengo otras siete.

—¿Así que son ocho en total? —pregunté.

—Sí, pero como te he dicho, caja solo hay esta.

Asentí, fingiendo que estaba pensando en ello.

—Es una decisión difícil. Sesenta créditos por objeto me parece carillo. —Por supuesto, ya había decidido comprarlos. Probablemente podría revenderlos por diez veces más en el mercado libre—. ¿Sabes qué? Acepto. Sesenta por cada uno, pero primero necesito ver el resto.

Bolin sonrió.

—Sabia decisión, amigo mío.

—Eso espero —le dije.

—Camilla, ve a buscar algunos más —dijo Bolin.

Ella sonrió y corrió detrás de él hacia la parte trasera de la tienda.

—Si no te importa que te pregunte, ¿cómo es posible que un tipo como tú termine vendiendo chatarra en un lugar como este? —pregunté.

Él se rio entre dientes.

—No soy solo un chatarrero. También trabajo para una empresa. Estoy en el sector de la construcción. —Se volvió a reír—. En realidad, casi todos los de por aquí lo estamos.

—¿Qué más están construyendo aquí? —pregunté—. Y no me digas que es solo una triple cúpula, porque esto está muy alejado para montar una pequeña colonia.

Él asintió.

—Por lo que he oído, solía haber algo más aquí, tal vez hace mil años. No estoy seguro, pero la empresa para la que trabajo decidió que quería excavar. Hasta ahora, no han encontrado demasiado, pero siguen adelante de todos modos.

«¿Hace mil años? pensé. Eso explica lo de los artefactos».

Justo en ese momento, escuché pasos detrás de mí en la entrada de la tienda. Miré y vi a Abigail asomando la cabeza, probablemente comprobando que yo estaba allí.

—Ahí estás —dijo.

—¿Es tu mujer? —preguntó Bolin.

Tanto Abigail como yo nos miramos.

—Esto... Ella es...

—Sí, estamos casados —me interrumpió.

Entrecerré los ojos en su dirección, desconcertado.

—¿Eh?

—Vamos de camino a casa de mi tío, pero Jace ha insistido en hacer una parada para repostar. Lo siguiente que sé es que quería ver qué tiendas había por aquí. —Sacudió la cabeza—. Veo que ha encontrado otra.

Bolin se rio.

—Estaba hablando con tu marido sobre la chatarra. Parece que compartimos el mismo interés.

—¿De verdad? —preguntó, mirándome—. Menuda coincidencia.

—Pues sí —fue mi sencilla respuesta.

—¿Y exactamente, de qué tipo de chatarra se trata esta vez?

—Quería comprar algunos de estos —dijo Bolin, señalando la caja.

Abigail abrió mucho los ojos al ver el artefacto. Se recompuso rápido, pero sabía que había más detrás de aquello, fuera lo que fuera, y me hizo sentir aún más curiosidad.

—Ah, bueno, mientras acabemos pronto con esto, me gustaría que nos pusiéramos en camino lo antes posible. Es probable que mi tío esté preocupado.

—Os lo prepararé todo lo antes posible —le aseguró Bolin.

Escuché un clic en mi comunicador.

—Capitán, soy el doctor Hitchens. ¿Estás disponible u ocupado de alguna manera?

Me toqué la oreja.

—¿Qué pasa, Doc?

—Octavia y yo no hemos tenido suerte, no hemos conseguido ningún instrumental médico de investigación adecuado. Parece que esta ciudad todavía está en construcción y no tienen ni un hospital en funcionamiento ni una estación médica de emergencia. De todas las instalaciones cuya construcción se puede posponer, uno creería que...

—¿Algo más o eso era todo? —le pregunté, interrumpiéndolo.

—Ay, perdóname. Octavia ha descubierto el paradero de una estación espacial de investigación médica no muy lejos de aquí. Además, está dentro de nuestra ruta actual.

—¿Y crees que eso nos ayudará con Lex?

—Si la estación tiene los suministros y los equipos adecuados, creo que sí, capitán.

Miré a Abby.

—¿Qué opinas?

—A mí me parece buena idea —respondió.

—De acuerdo, ¿has oído eso, Siggy? —pregunté—. Actualiza nuestra ruta en cuanto puedas.

—Entendido, señor. Lo haré de inmediato.

Por fin estaban mejorando las cosas. Teníamos la promesa de haber encontrado más artefactos y un laboratorio adecuado para hacerle pruebas ala niña, donde tal vez obtuviéramos algunas respuestas. Me pregunté si era seguro empezar a sentirme optimista, pero enterré ese sentimiento.

El optimismo hacía que una persona se sintiera segura. Era la forma más rápida de conseguir que te mataran. Nunca estaría a mi alcance.

—¿Va todo bien? —preguntó Bolin.

Había olvidado que estaba allí. Ups.

—Sí, nada de qué preocuparse. Estaba hablando con un amigo. Está en nuestra nave y esperaba reabastecer nuestro botiquín. Sin embargo, no ha tenido suerte por aquí.

—Ah, ya veo. ¿Es médico? He oído que lo has llamado Doc.

—Algo así —contesté, pero lo dejé ahí.

Camilla reapareció con varios artilugios más pequeños. No reconocí ninguno de ellos, pero estaba claro que eran el mismo tipo de tecnología que buscábamos. Una parte de mí quería llamar a Hitchens y Octavia para que nos dieran su opinión, pero hacerlo podría levantar las sospechas de Bolin, y no podía permitir que subiera el precio o llamara a alguien. Lo último que necesitaba era una verificación de antecedentes y que mi orden de arresto apareciera en una pantalla con cientos de miles de créditos que incitaran a aquellas personas a entregarme.

—Gracias, Camilla —dijo Bolin, quien la ayudó a colocar los objetos en una mesa cercana—. Por favor, amigos, echad un vistazo.

Examiné todas las reliquias, fingiendo que sabía lo que estaba haciendo. Pillé a Abigail haciendo lo mismo, aunque ella estaba intentando parecer desinteresada. Hubiera sido mejor meternos en aquello estando preparados, con los roles invertidos, ella actuando como la experta en chatarra y yo como el marido despistado, pero no podíamos rebobinar. Además, el arrepentimiento no era parte de mi filosofía vital.

—Algunos están en condiciones decentes, pero no estoy seguro sobre el resto —murmuré, pasándome los dedos por la mandíbula, como si estuviera pensándolo mucho—. A ver qué te parece esto, ¿qué tal si te compro el lote al por mayor, digamos, por trescientos setenta y cinco?

—¿Trescientos setenta y cinco créditos? —preguntó.

Asentí.

—Es un precio justo por esta mercancía.

Echó un vistazo a los artefactos, probablemente tratando de calcular su valor, pero yo sabía que no tenía idea. En aquella tienda nadie sabía lo que valía aquella mierda. No de verdad.

—Me sirve —dijo después de unos segundos—. Sí, de acuerdo.

—Genial, entonces trato hecho. Todo esto por trescientos setenta y cinco créditos.

—Voy a por la tablilla y mientras puedes hacer la transferencia —dijo, metiendo la mano debajo del mostrador—. ¿Hay algo más que quieras...?

Se oyó un fuerte estallido en algún lugar a lo lejos. Sonaba como un disparo.

Giré sobre mí mismo, con la mano en la cintura.

—¿Qué narices ha sido eso?

—¡Ay! —dijo Camilla, escondiéndose detrás de su padre—. ¿Son los calaveras?

—¿Los qué? —pregunté.

—Los calaveras —repitió Bolin—. La milicia sarkoniana que tiene aquí la base. A veces salen en busca de comercio ilegal.

—¿Comercio ilegal? —Eché otro vistazo a las reliquias—. ¿Tienes permiso para estas cosas?

Bolin se rascó la nuca.

—Mmm.

Golpeé la mesa con la mano abierta.

—¡Rápido, envuélvelo y guárdalo todo antes de que lleguen!

No discutió, probablemente porque sabía que los militares sarkonianos no se andaban con tonterías. Lo metió todo en un gran saco marrón y corrió hacia la parte de atrás junto con su hija. Escuché que abrían y cerraban cajas metálicas mientras iban frenéticos de aquí para allá intentando ocultar las pruebas.

En ese momento, la solapa de la tienda se abrió de golpe. Abigail y yo nos giramos y vimos entrar a tres soldados, cada uno de ellos portaba un rifle contra el pecho. Llevaban armaduras sarkonianas, los mismos uniformes que habíamos visto en el hospital.

—¡Todos quietos! —gritó una mujer con una cicatriz fina en la mejilla.

Abigail y yo nos giramos hacia ellos y levantamos las manos, luego nos hicimos a un lado muy despacio y nos alejamos del mostrador.

—Solo estamos comprando —le dije—. No hay necesidad de volarnos la cabeza.

—¿Dónde está el dueño de la tienda? ¡Salga aquí ahora mismo! —ordenó la oficial.

Bolin salió a toda prisa de la trastienda.

—L-lo siento —logró decir—. Estaba intentando encontrar algunas piezas para el motor de este hombre.

—¿Piezas para el motor? —preguntó la oficial, mirándome—. ¿Tiene una nave?

—Sí —contesté.

Ella me miró.

—No parece un residente. ¿Qué le trae por aquí?

—Mi mujer y yo estamos de luna de miel y vamos a visitar a su tío. Nos pareció buena idea hacer una parada para ver qué productos vendían por la zona. Se me ha ocurrido que podría conseguir algunas piezas de repuesto mientras estuviera aquí.

—Ya veo —dijo la oficial, que nos examinó durante lo que me pareció mucho rato. Por un momento, habría jurado que vi titilar uno de sus ojos, pero me convencí de que solo eran mis nervios—. Bueno, métase en sus asuntos mientras esté en esta ciudad y no encontrará problemas, pero necesito que por ahora se quede donde está. Estamos llevando a cabo una búsqueda por todas las tiendas de alrededor.

—¿A eso venía el disparo que hemos oído? —pregunté.

—Alguien nos ha dado problemas. Mejor no hacer lo mismo que ellos.

—Claro, por supuesto. —Miré a Abigail—. No les causaremos ninguna molestia. ¿Verdad, cariño?

—Por supuesto que no —dijo Abigail, su voz de repente mucho más suave de lo que estaba acostumbrado a escucharla—. Cielo santo, no quiero causarle ningún problema a nadie.

Parpadeé en su dirección, sorprendido por lo que fuera que estuviera haciendo. Parecía una persona completamente diferente.

—Señor Abernathy, ¿verdad? En nuestros registros consta que tiene una hija. ¿Dónde está? —preguntó la oficial.

—Dormida. Lleva horas ahí dentro —dijo.

—Hágala salir ahora mismo.

—¿E-es eso necesario, señora? —preguntó.

—Lo es si no quiere que lo arresten. Ahora haga lo que le digo.

Nos miró con la preocupación patente en el rostro y retrocedió poco a poco hacia la parte trasera de la tienda. Un momento después, regresó con su hija, que se frotaba los ojos como si acabara de despertar.

Eso tenía que concedérselo. La chica sabía actuar. Incluso iba despeinada.

La oficial se acercó a ambos. Con el rifle en la mano, escrutó a la chica.

—¿Camilla Abernathy?

—Sí —respondió ella, mirando a la mujer.

—Por favor, sal de detrás del mostrador.

Camilla rodeó la mesa despacio, con aspecto de estar confundida y aterrorizada a la vez. Todos sabíamos a dónde llevaba aquello.

La oficial hizo un gesto a sus dos compañeros.

—Apresadla.

Los hombres agarraron a la niña por las muñecas y se las colocaron a la espalda.

—¿Qué pasa? —pregunté.

—Esta niña está bajo arresto por allanamiento. La hemos identificado en una grabación holográfica, justo detrás de la valla de seguridad.

La expresión de Bolin cambió a una de puro horror.

—¡No, no era ella! ¡Ha estado aquí todo el día!

—No intente mentirme. Yo misma he visto la grabación. No hay duda de que fue ella. De hecho, le sugiero que me traiga el objeto que robó, a menos que quiera que les disparemos a los dos ahora mismo.

—¡E-espere! —suplicó Bolin—. Le digo que no ha traído nada. ¡No le hagan daño!

La mujer hizo un gesto con la cabeza a su subordinado.

—Echa un vistazo ahí detrás. A ver qué puedes encontrar.

Él obedeció y se fue a la parte trasera de la tienda. Escuché algunos ruidos fuertes mientras destrozaba el lugar y rompía algo que sonaba como a cerámica. Unos momentos después, regresó con un pañuelo lleno de las reliquias que Bolin nos había mostrado, todo en una mano. En la otra, sostenía la caja.

—Lo que me figuraba —dijo la soldado.

La respiración de Camilla se aceleró cuando el pánico se apoderó de ella. Sus ojos se dirigieron al oficial y luego a la salida, y empezó a mover el pie hacia delante.

Pude ver lo que estaba pensando. El problema, por supuesto, era que no llegaría muy lejos si corría. Los aficionados nunca lo conseguían. Saldría corriendo de allí, avanzaría unos doce metros y luego una bala la detendría en seco.

Suspiré, luego saqué mi pistola de debajo del abrigo, apunté con el cañón a la cara de la mujer y la amartillé.

—Me parece que ya es suficiente —dije—. Deje ir a la chica.

Abigail me miró totalmente sorprendido. Era obvio que no esperaba que yo interviniera, pero solo tardó un momento adaptarse. Sacó su propia arma y apuntó con ella a uno de los otros dos soldados.

—¿Qué cree que está haciendo? —preguntó la oficial—. ¿Está intentando que lo maten?

—Puede que no se equivoque demasiado. Ahora suelte a la chica.

No parecía preocupada por el hecho de que tuviéramos dos armas apuntando a su equipo.

—¿Sabe con quién está hablando ahora mismo?

—Con una sarkoniana —contesté.

—Soy la comandante Mercer Equestri. Hará lo que yo le diga a menos que quiera...

Moví el brazo hacia la izquierda y disparé un tiro rápido en la pierna a uno de los otros soldados. Cayó de rodillas con un fuerte grito.

Mercer Equestri me miró con los ojos muy abiertos.

—¿Por qué ha hecho eso?

—Iba a coger su arma. No ha sido un movimiento inteligente.

El hombre volvió a gritar, agarrándose la pierna por el dolor. Levanté la pistola y apunté a la supuesta comandante.

—¡Si cree que le voy a entregar a esta chica, está loco! —exclamó.

Me encogí de hombros.

—Suena a que quieres una bala en el pecho.

Apretó los dientes y miró a Camilla, que estaba junto a ella, en los brazos del otro soldado.

—Última oportunidad, señora —dije.

Ella vaciló, luego negó con la cabeza.

—Déjala ir.

El otro soldado soltó a la chica.

—Dale esa caja también, ya que estamos —le dije.

—¡Eso es propiedad del gobierno sarkoniano! —insistió Mercer.

—O lo hace u os dispararé a los dos en una extremidad diferente.

Me echó una mirada que significaba que quería matarme o acostarse conmigo. Fuera la opción que fuera, no estaba interesado.

—Dásela —dijo Mercer al final.

El soldado le entregó la caja a Camilla y yo le indiqué que se acercara a mi lado. Cuando estuvo lo suficientemente cerca, me incliné y le susurré:

—Ve al hangar. Plaza 226. ¿Entendido?

Ella asintió.

—De acuerdo.

La sujeté por el hombro para que no saliera corriendo.

—Espera un segundo —susurré, luego apunté con mi arma a la solapa de la tienda y disparé.

El disparo rasgó la tela e impactó contra algo al otro lado. Un hombre cayó al suelo, justo enfrente de la entrada. Dejó escapar un gemido.

—Ten cuidado siempre con los refuerzos —le dije a la niña—. Es el procedimiento estándar para registros e incautaciones. Ya puedes irte.

Corrió hacia delante, saltó por encima del soldado caído y se fue calle abajo.

Mercer vio a la chica irse.

—La encontraremos pronto. Hay más de doscientos miembros del personal de seguridad activos en esta ciudad, y todos ellos tienen acceso al mismo sistema de alerta que yo. Sabrán quién en cuanto nuestros sensores detecten sus datos biométricos.

Me acerqué a ella, apuntándola con la pistola en todo momento, y le quité el rifle. Luego me pasé la correa por encima del hombro. También le quité el arma al tipo de la bala en la pierna. Una vez que ambas armas estuvieron fuera de su alcance, le di la vuelta a Mercer y apoyé el cañón de mi pistola en la parte baja de su espalda.

—Lo que tú digas —contesté.

Abigail hizo lo mismo con el soldado que aún no había recibido ningún disparo, luego lo envolvió con los brazos y le quitó el arma.

—Oye, Bolin, amigo —comencé—. ¿No tendrás unas esposas que podamos usar? ¿O algo parecido?

—Yo, eh... Tengo unas bridas de plástico —dijo, agachándose detrás del mostrador.

Cuando me las trajo, sentí que Mercer se tensaba.

—Debe de ser duro, no tener el control —le dije, quitándole una de las bridas al vendedor.

—Tú eres el que no tiene el control —dijo.

—Claro, señora, claro. —Tomé su muñeca izquierda y la envolví con la brida, asegurándome de que estuviera bien colocada.

Se inclinó hacia atrás para mirarme, con una leve sonrisa en su rostro.

—Debes de ser de la Unión o de algún lugar de las Tierras Muertas, ¿verdad?

—Cállate —le ordené—. No importa de dónde sea yo.

—No estás muy familiarizado con los uniformes sarkonianos, ¿verdad?

Le pasé la brida por la otra muñeca, asegurando por fin sus manos.

—Te juro que, por cómo sigues hablando, parece que quieras que te meta un balazo.

—Hazte un favor, quienquiera que seas, y mira debajo de la pequeña solapa que hay debajo de mi chaqueta. La que tiene el botón.

Le miré el estómago, siguiendo la dirección de su mirada.

—¿Por qué?

—Tú solo mira—dijo—. Es importante que lo sepas.

—Si esto es una trampa, te dispararé. ¿Lo tienes claro?

Ella asintió.

—Por supuesto, y te prometo que no lo es.

Deslicé el dedo hacia el botón y lo desabroché, luego levanté la solapa de tela y quedó al descubierto una pieza de metal no más larga que mi pulgar.

—¿Qué es esto?

—Una grabadora de voz. Mi identificador personal. Varias cosas, en realidad, todas en una.

—¿Esta cosa nos está grabando? —pregunté, apartando la mano deprisa.

—Y acaba de escanearte la cara—dijo con una sonrisa irónica—. Vaya, mira eso.

Vi cambiar un pequeño reflejo en su iris. Debía de ser un implante para tener acceso constante a los datos. Había oído hablar antes de ellos. En realidad, tenía la intención de comprarme uno, pero eran difíciles de conseguir en aquellos tiempos.

—Jace Hughes, de la *Estrella Renegada*, ¿verdad? —preguntó—. Parece que hay una recompensa muy alta por tu cabeza. A lo mejor no quiero matarte después de todo. A lo mejor solo te doy una paliza antes de arrestarte. —Miró a Abby y vi otro destello en sus ojos—. Y también tenemos a Abigail Pryar. Vaya, parece que la recompensa por ti es aún mayor.

Arranqué el dispositivo de grabación de su ropa y lo dejé caer al suelo, luego lo pisoteé y lo rompí.

—Es demasiado tarde para eso, capitán Hughes —dijo Mercer—. El resto de mi personal de seguridad ya lo ha recibido.

Abigail me agarró del brazo.

—¡Tenemos que irnos!

Coloqué el cañón de mi arma contra la sien dela oficial. Tenía que doler, pero ella sonrió.

—¡Llámalos! —le dije.

—Ni lo sueñes, Hughes.

Empecé a apretar el gatillo, pero me detuve. Una comandante sarkoniana muerta solo incentivaría a su flota a darme caza.

Ella sonrió.

—Un movimiento inteligente, capitán. Seguro que no quiere añadir homicidio a su historial. Eso sería...

Le estampé la culata del arma en un lado de la cara y cayó redonda al suelo. Puede que aquel día no fuera a recibir una bala, pero eso no significaba que no pudiera regalarle un dolor de cabeza. Se derrumbó frente a mí, aparentemente inconsciente.

Abigail jadeó.

—¡Dios mío!

—¡Ata a estos idiotas y vámonos! —Miré a Bolin—. Ayúdame con el otro.

—Claro, por supuesto—dijo el comerciante. Ambos arrastramos al soldado ensangrentado hasta el mostrador, donde le colocamos los brazos alrededor de una de las patas de la mesa y se las atamos—. ¿Qué hacemos ahora? —preguntó.

—Nos largamos pitando de aquí, eso hacemos —dije, mirando hacia la calle—. Y tú te vienes con nosotros.

CAPÍTULO 7

UNA BALA ATRAVESÓ la tienda tan pronto como abrí la solapa. Conté seis soldados, aunque no podía estar seguro, dada la multitud que corría en todas direcciones presa del pánico.

—Tenemos un problema —dije, levantando mi arma—. ¡Abby, agarra a Bolin y vámonos!

—Estoy en ello —respondió mientras cogía al comerciante del brazo. Él la doblaba en tamaño, pero estaba claro por la expresión de ambos rostros quién tenía el control.

—¿Qué vamos a hacer? —preguntó.

—Correr —dijo Abigail, tirando de él—. Quédate cerca e intenta que no te peguen un tiro.

La siguiente explosión de un soldado enemigo impactó un metro a mi izquierda, contra el carro que Abigail había llevado hasta allí.

Le devolví el fuego y le di de lleno en el pecho, haciendo que cayera al suelo de culo, pero los otros cinco seguían acercándose.

—¡Moveos! —grité ya en plena carrera.

Abigail y Bolin me siguieron y los tres echamos a correr por la calle. Teníamos que llegar a la nave lo más rápido posible o arriesgarnos a que el resto de aquel ejército dejado de la mano de los dioses cayera sobre nosotros.

Cuando nos acercábamos al final de la primera calle, sonaron más disparos desde atrás, pero no me detuve, ni siquiera para devolver el fuego. Todavía no. No había tiempo, no cuando toda la ciudad estaba a punto de ponerse en alerta máxima. Teníamos que...

—¡Jace! —gritó Abigail, deteniéndose unos metros después de haber girado—. ¡Para!

—¡Joder! ¿Por qué? —Me volví y vi que estaba sosteniendo a Bolin y que se había pasado su brazo por encima de los hombros.

Él tenía la otra mano levantada, la sangre manaba de donde solía estar su dedo.

—¡Tenemos un problema!

Giré hacia atrás, casi resbalándome sobre la grava. Tardé unos segundos en llegar hasta ellos.

—¿Puedes seguir?

—C-creo... creo que sí —dijo Bolin.

Saqué el trapo que él mismo llevaba en el bolsillo y le envolví con él la mano herida.

—¡Presiona la herida y muévete!

No les sacábamos mucha ventaja a los soldados. No había tiempo suficiente para lidiar con un disparo.

Como en respuesta, Abigail dijo:

—¡No podemos dejarlo aquí, Jace!

—Maldita sea, Abby —dije, luego cogí el otro brazo del comerciante y me lo pasé por encima del hombro.

Seguimos moviéndonos. Una sirena empezó a sonar a través del sistema de intercomunicación de la cúpula.

—ALERTA DE EMERGENCIA. ACTIVIDAD CRIMINAL EN CURSO. POR FAVOR, REGRESEN A SUS HOGARES.

—Debe de ser por nosotros —dije mientras caminábamos a trompicones por la calle. Toqué el comunicador que llevaba en la oreja—. Siggy, ¿puedes oírme?

—Sí, señor —respondió Sigmond.

—¡Arranca la puñetera nave! ¡Ya casi estamos allí!

—Por supuesto señor. Preparando el lanzamiento.

—¿Qué pasa con los demás? —preguntó Abigail.

—Siggy, ¿dónde está el resto de la tripulación? —pregunté.

—Con la excepción de ustedes, toda la tripulación está a salvo a bordo de la nave, señor.

—Perfecto, diles a todos que se abrochen el cinturón y se preparen. Ya casi hemos llegado.

—Entendido, señor.

Miré a mi espalda y vi a algunos soldados dando la vuelta a la esquina y apareciendo en nuestra calle.

—¡Deprisa! —grité.

La salida estaba justo delante de nosotros. Una docena de metros más y seríamos libres.

Sonaron disparos desde atrás.

—¡Deteneos de inmediato! —gritó uno de los hombres.

Solté el brazo de Bolin.

—¡Súbelo a la nave! —dije. Saqué mi pistola y disparé dos tiros rápidos—. ¡Yo iré en un segundo!

Abigail no se molestó en discutir. A lo mejor por fin había entendido cómo funcionaban las órdenes.

—Ni en sueños —me dije a mí mismo mientras disparaba otros dos tiros.

Me dejé caer detrás de un vehículo cercano, con la esperanza de que me ofreciera una protección decente, y volví a disparar contra los soldados. El primer disparo se desvió y rompió el escaparate de una tienda, pero el segundo y el tercero dieron a uno de los soldados en el hombro y el muslo. El cuarto disparo alcanzó el rifle de un soldado y casi lo tira al suelo.

Me puse a cubierto de nuevo y recargué.

Un flujo constante de balas continuó volando por encima de mi cabeza, rompiendo los cristales y haciendo que el vehículo se balanceara. Sentí el impacto en mi cuerpo mientras mantenía la cabeza gacha y me abrazaba a la parte delantera del auto.

Me coloqué debajo del vientre del vehículo y disparé seis tiros en rápida sucesión. Acerté a dos de los hombres en los pies. En el momento en que cayeron al suelo, descargué el cargador sobre ellos.

—Siggy, si tienes alguna idea sobre cómo salir de esta, soy todo oídos.

—Un momento, señor. Intentaré piratear su red de seguridad para cancelar la alerta.

—¡Eso no servirá de nada! ¿Qué pasa con la gente que intenta matarme?

—Me temo que no hay nada que pueda hacer al respecto, señor.

Metí la mano en el interior del cinturón y saqué mi granada de humo de emergencia.

—Que os jodan —murmuré, luego la tiré hacia atrás.

Aterrizó unos metros por delante de los soldados que aún estaban en pie.

—¡Granada! —gritó uno mientras se apresuraban a ponerse a cubierto.

Usando el capó del coche, nivelé el cañón y disparé rápidamente hacia el humo. No podía ver nada, pero varios gritos siguieron a mis tiros.

Buena señal.

Escuché una voz cercana.

—¿Qué estás haciendo?

Miré frenético a mi alrededor.

No muy lejos de mi posición, sentado detrás de uno de los puestos, vi al mismo comerciante que había intentado venderme armas al entrar por primera vez en aquella maldita ciudad. Estaba escondido debajo de su puesto, mirándome con expresión nerviosa.

—¡Saca el culo de ahí antes de que te maten, idiota! —le espeté.

—No puedo dejar mi mercancía —dijo—. ¿Qué has hecho para cabrear a los de seguridad?

—He disparado a uno de ellos —dije, luego me rodeé la cabeza con la pistola y disparé tres tiros más. Escuché un grito y supuse que le había dado a uno.

Las balas continuaron acribillando el lateral del vehículo, abollando el metal y haciendo estallar dos de los neumáticos.

Fui a coger otro cargador, pero me di cuenta de que me había quedado sin.

El comerciante se escondió detrás de su puesto cuando una bala sarkoniana estuvo a punto de volarle la cabeza. Un segundo después, se inclinó hacia el otro lado.

—¿Tienes munición ahí atrás? —le pregunté con urgencia.

Arqueó la ceja.

—Puedo venderte algunas balas —dijo, metiendo la mano en su puesto—. Eso es una Z91, ¿verdad? Espera.

El cambio en su tono me pilló por sorpresa. Había pasado de aterrorizado a profesional en diez segundos.

—Sí, ¿tienes algo que me sirva?

—Por supuesto —dijo—. Te venderé unos cuantos cargadores si puedes transferir el dinero. —Me mostró una tablilla.

Otra ráfaga de disparos golpeó el coche a mi lado.

—De acuerdo. ¿Cuánto por dos cargadores?

Frunció los labios.

—Digamos que quinientos cada uno.

—¿Quinientos créditos? ¿Hablas en serio? El letrero de ahí dice que tiene los precios más asequibles del sector.

—¿Qué puedo decir? —Sonrió—. La demanda se ha disparado.

Empecé a decirle que me pasara los cargadores, pero me detuve. ¿Por qué iba a agenciarme solo más munición cuando tenía un traficante de armas frente a mí?

—¿Qué más tienes? —pregunté.

Me dedicó una sonrisa maliciosa.

—¿Qué quieres?

—¿Qué tal unas granadas?

Metió una mano dentro del puesto y sacó una caja pequeña.

—Lo que quieras. Ochocientos créditos por dos de ellas.

Me toqué la oreja.

—Siggy, transfiere mil ochocientos créditos al idiota traficante de armas llamado... —Hice una pausa—. Oye, idiota, ¿cómo te llamas?

—Garin Shill —dijo.

Incluso su nombre sonaba sórdido.

Garin miró su tablilla en busca de la notificación y sonrió una vez que le llegó la transferencia.

—Ahí está —dijo, y me arrojó el primer cargador—. ¡Encantado de hacer negocios contigo, amigo!

—Sí, sí —murmuré mientras atrapaba e introducía el cargador en mi pistola. Maldito ladrón.

Me pasó el segundo cargador, que me guardé en el cinturón por el momento, y por último, las granadas.

—Avanzad —escuché que gritaba un hombre—. ¡Tiene que haberse quedado sin munición!

Sonreí.

—Ya no.

Para cuando inserté el segundo cargador, seguía sin haber hecho ningún progreso en absoluto. Los soldados sarkonianos se mantenían a distancia, negándose a dejar que me alejara de aquel lugar. Me pregunté cuánto más podría soportar aquel vehículo antes de que una bala lograra atravesarlo y penetrara en mi carne.

Me acerqué a la parte delantera del coche, tratando de apuntar, pero otro disparo impactó en el capó y me obligó a agacharme.

—¡Ríndete, renegado! —gritó una voz familiar.

«Parece la voz de esa mujer, Mercer», pensé.

—¡Veo que ya estás despierta! —grité en respuesta.

—¡No creas que te saldrás con la tuya!

Respiré hondo y miré de reojo hacia la salida. Estaba a solo una docena de metros de mi posición, pero había unos cuantos metros de pasillo antes del primer giro. Si lo intentaba, era posible que recibiera un disparo por la espalda, pero no podía seguir esperando allí a que me atraparan.

Volví a disparar al grupo de soldados. No esperé a ver el daño que había causado, pero sabía que le había acertado a un tipo en la cintura y a otro en la entrepierna. No era una mala combinación.

—Ya es suficiente, capitán Hughes —espetó Mercer—. No quiero matarte, pero lo haré si tengo que hacerlo.

—Creo que es posible que tengas que hacerlo, porque no dejaré que cobres esa recompensa —grité.

El comerciante seguía agachado tras su puesto, mirándome. Me pregunté cuánto tiempo tendría que pasar antes de que el dinero ya no valiera la pena.

—Oye, idiota, dame algo más grande —grité—. ¡Necesito un puto ejército!

—Entonces querrás la mercancía negra —dijo Garin. Se metió la mano debajo de la camisa en busca de un pequeño relicario y luego lo arrastró por el lateral del mostrador. La pared se abrió y reveló un compartimento oculto.

—¿Qué narices es eso? —pregunté.

Él sonrió y lo abrió.

—¿Has oído hablar de las Howlizter 47?

Abrí los ojos como platos.

—Imposible —murmuré.

Sacó el arma de la caja. Era lo suficientemente pequeña como para engañar al ojo inexperto y hacerle creer que no era más que una pistola, pero yo sabía qué aspecto tenía una Howlizter. La empuñadura de tres centímetros que albergaba el microgenerador la delataba, junto con las molduras plateadas que la adornaban.

—Cógela —gritó mientras me lanzaba el arma por encima de nuestras cabezas.

Me pasé mi pistola a la otra mano y la atrapé al vuelo. Su peso me resultó reconfortante mientras rodeaba con los dedos el pequeño y mortífero cañón.

—Hay que poner en marcha el generador presionando el botón rojo que hay junto al gatillo —dijo Garin.

Pasé el dedo índice por el lateral y lo encontré.

—Vamos allá —dije mientras lo presionaba.

La pistola zumbó con suavidad en mi palma.

—Ronronea que da gusto, ¿verdad? —preguntó Garin.

—Última oportunidad, Hughes —gritó Mercer.

Miré a Garin.

—¡Será mejor que agaches la cabeza! —Coloqué el dedo sobre el gatillo y me giré con el brazo extendido para apuntar al pequeño ejército.

Apreté y un rayo de energía roja explotó desde el cañón y trazó una línea recta a través de la parte superior de los vehículos cercanos. Los cristales de seis coches explotaron al instante cuando mi mano recorrió el campo de batalla.

Los sarkonianos se apartaron de en medio y evitaron el rayo que se desplazaba por donde habían estado sus cabezas. Uno de ellos fue demasiado lento y la luz ardiente le atravesó la muñeca, cercenándole la mano limpiamente, junto con el rifle que había estado sosteniendo. El hombre gritó preso del pánico.

El láser desapareció después de unos segundos. Me volví para mirar a Garin, que se encogió de hombros.

—Solo sirve para un disparo —me dijo.

—La madre que te...

Varios tiros interrumpieron mi frase cuando los soldados volvieron a incorporarse. Mercer gritó algo que no llegué a entender y luego hizo un gesto a uno de los soldados, quien le entregó algo.

Lanzó lo que fuera en mi dirección, pero aterrizó más cerca de Garin que de mí.

—Mierda —dije—. ¡Granadas! Sal de...

La explosión me arrojó contra el vehículo que tenía al lado y me cubrí la cara al sentir una ola de calor. Cuando bajé el brazo, vi un agujero donde solía estar la tienda de armas.

«Maldita sea, Garin».

Una figura apareció en el túnel que llevaba a la salida, pero era difícil distinguirla por culpa del humo de las granadas.

—¿Jace? ¿Dónde estás?

—¿Quién va? —pregunté.

Cuando se disipó el humo, vi a Abigail de pie en el túnel, mirando en mi dirección. Sostenía algo en las manos.

Algo grande.

—¿Abby? ¿Qué estás...? ¿Eso lo que creo que es? —grité.

Ella no respondió. Al menos, no con palabras. En vez de eso, mis sospechas se vieron confirmadas cuando apoyó el enorme cañón cuádruple en sus brazos y disparó hacia los sarkonianos. La explosión la envió volando de vuelta al carrito que había usado para transportar la otra mitad del equipo.

La bomba cayó al suelo entre la posición de los militares y la mía, abriendo un boquete en el cemento y enviando varios vehículos contra los edificios más cercanos.

Un estruendo como el de los truenos resonó por toda la cúpula. Oía un pitido tan fuerte que no estaba seguro de si podría volver a escuchar algo. Antes de que pudiera volver a ponerme de pie, sentí las manos de Abigail en la muñeca, tirando de mí hacia arriba.

—Vamos —me gritó a la cara.

Parpadeé un par de veces mientras me ponía de pie. Antes de darme cuenta, estaba corriendo detrás de ella y dejando atrás el cañón cuádruple.

—Espera —grité—. ¡Lo necesito!

Lo agarré y lo subí al carro flotante, luego empujé el voluminoso cañón por el pasillo. Abigail se puso a mi lado y me ayudó.

Cuando giramos al final del pasillo y nos dirigimos hacia el hangar abierto, Abigail se volvió hacia mí y me dijo:

—Al menos podrías darme las gracias.

—¿Y darte esa satisfacción? —pregunté, todavía gritando por el zumbido que sentía en los oídos—. No me dejarías olvidarlo nunca.

La compuerta se cerró y corrí hacia el puente, listo para dar la orden de despegar, cuando escuché la voz de Freddie.

—¡Hay alguien fuera!

—¡Por supuesto! —contesté—. ¡Tenemos a un montón de sarkonianos pisándonos los talones!

—No, no es un soldado —dijo.

Hitchens corrió hacia la ventana.

—¡Tiene razón! Parece una chica joven.

—¿Una chica? —preguntó Bolin, que estaba sentado en el sofá. Octavia le estaba vendando la parte posterior del hombro, pero él se incorporó—. ¿Cómo es?

—Es Camilla —dijo Abigail—. ¡Rápido, Sigmond, abre la compuerta!

—Entendido —dijo la IA.

Miré hacia fuera y vi a la adolescente corriendo hacia la compuerta.

—Llévala dentro si quieres. Nos sacaré de aquí en dos minutos.

Me apresuré a subir a la cabina y me abroché el cinturón tan pronto como estuve en la silla.

—Siggy, avísame en cuanto estemos listos para el despegue.

—Entendido —respondió. Aproximadamente diez segundos después, añadió—: Todos los sistemas están listos para el despegue.

—¿Está la chica a bordo? —pregunté—. Camilla.

—Acaba de entrar —me informó Siggy—. Cerrando la compuerta.

—Bien —dije, accionando el interruptor de encendido. Nos elevamos, flotamos durante unos instantes y luego volamos hacia delante a toda prisa, rompiendo media docena de leyes de vuelo en el proceso.

Varias de las naves cercanas se tambalearon, pero ninguna sufrió daños graves. En unos pocos segundos, ya estábamos lejos de la luna.

—¿Nos persigue alguna nave? —me apresuré a preguntar.

—Ninguna hasta ahora —dijo Sigmond.

Solté un suspiro de alivio.

—Vámonos —dije, recostándome en mi asiento—. Creo que ya me he hartado de la gente por hoy.

Capítulo 8

Bolin lloraba mientras abrazaba a su pequeña cuando regresé al salón. La mano todavía le sangraba y la llevaba vendada, pero apenas parecía darse cuenta. Estaba centrado por completo en su hija.

—Papá, estoy bien —dijo ella con voz entrecortada cuando él la estrechó más fuerte.

—Mi niña —sollozó.

—Ahora, ambos estáis a salvo —dijo Abigail—. Eso es lo que importa.

—¿Todos bien? —pregunté, mirándolos uno por uno. Nadie, aparte de Bolin, parecía herido.

También vi a Lex junto a Octavia, que observaba toda la escena con una mirada curiosa en la cara.

—Muchas gracias por sacarnos de allí —dijo Bolin, girándose hacia mí. Tenía los ojos hinchados y las mejillas rojas de tanto llanto.

—Estamos camuflados y en movimiento —expliqué—. El túnel no está lejos. Nos dirigíamos a una estación espacial no muy lejos de aquí. Si quieres, seguro que puedes encontrar una nave que os lleve lejos de la frontera. Os recomendaría alejaros lo máximo posible del espacio sarkoniano. Estoy seguro de que ahora os consideran fugitivos.

La niña miró a su padre.

—¿Qué vamos a hacer ahora?

—No lo sé, Camilla. Supongo que tendremos que empezar de cero.

Ella frunció el ceño y se sorbió los mocos.

—No quería meterte en problemas, papá.

—No es tu culpa. Nunca debí haber ido a ese horrible lugar.

«En realidad sí es su culpa, ya que robó esa caja que llevaba», pensé, pero mantuve el pico cerrado.

—Deberíamos habernos marchado en cuanto llegamos. Fui un tonto al creer que encontraríamos lo que necesitábamos —dijo Bolin.

—¿Qué era qué, exactamente? —pregunté.

Ambos me miraron.

Decidí hacer una aclaración.

—¿Para qué fuisteis a esa luna?

—En busca de una oportunidad —dijo Bolin—. Quería empezar de nuevo. Ambos queríamos.

—¿Por qué necesitabais un nuevo comienzo? —preguntó Octavia.

—El Imperio Sarkoniano invadió nuestro sistema —explicó Bolin—. La ocupación obligó a la gente a emigrar y ahora la mayoría se encuentra dispersa por todo el sistema. El nuevo gobierno comenzó a ofrecer puestos de trabajo unos meses después, así que acepté uno. —Sacudió la cabeza—. No quería, pero fue el único trabajo que pude encontrar.

—Lo entiendo —dije—. Hay que hacer lo necesario para sobrevivir.

—Eso es. Los sarkonianos no te dejan salir de su territorio una vez que te consideran ciudadano, así que solo pude aceptar lo que encontré. Era la mejor opción. —Dejó caer la cabeza—. Dioses, cómo sueno.

—No pasa nada, Bolin. Lo hiciste lo mejor que pudiste —dijo Freddie.

—Hoy casi pierdo a mi hija —murmuró—. Nunca me perdonaré a mí mismo.

—Pero no la has perdido —le dije.

—No gracias a mí —respondió, luego me miró—. Has sido tú. Tú la has salvado.

Hice un gesto con la mano para que lo dejara estar.

—Se ha salvado a sí misma.

Regresé al frente de la nave justo cuando nos acercábamos al siguiente túnel. Se abrió una grieta y entramos, dejando atrás la colonia y, con algo de suerte, a los sarkonianos.

Le dejé a Camilla mi habitación, mientras que Bolin dormía en el sofá. No me importó, ya que prefería quedarme al timón. Nuestro tiempo de vuelo a través del túnel sería breve, así que lo único que podía permitirme era una siesta. Habría sido bastante decente si Hitchens no hubiera llamado a la puerta.

—Lamento molestarte —dijo, entrando en la cabina. Estaba demasiado gordo para aquel espacio, pero no dije nada.

—¿Qué pasa? —pregunté, esperando acabar rápido con aquella pequeña charla.

—Con todo lo que ha sucedido, no hemos tenido la oportunidad de hacer un seguimiento.

Me froté los ojos.

—No sé de qué estás hablando.

—Hablo del salón, cuando Lex y yo abrimos esa caja. Te pregunté si podía hablar contigo sobre algo. En realidad, era bastante urgente, pero la situación se agravó y...

Levanté una mano.

—Lo entiendo.

Asintió.

—Claro, por supuesto —continuó—. Se trata del mapa estelar y nuestro rumbo actual.

—¿Sí? —pregunté—. ¿Has encontrado una ruta mejor?

—No del todo —respondió—. Estaba estudiando el mapa con Lex y comparándolo con la carta estelar universal de la red galáctica. Por supuesto, hay muchas regiones inexploradas, pero parece que nuestro destino final ya ha sido explorado y no se encontraron planetas allí.

—¿Quieres decir que el mapa no conduce a nada? —lo interrogué.

Aquello era simplemente genial. Era un fugitivo buscado en dos imperios, sin demasiado dinero y sin apenas suministros, ¿y para qué?

—No, capitán, eso no es lo que quería decir. Ahí hay algo, eso seguro. Solo que no es la Tierra.

—No te estás haciendo ningún favor así, Hitchens. Dime qué es y ya está.

—En resumen, es un planeta, pero no se parece al que buscamos. Creo, más bien, que este es un segundo paso en el camino. Sospecho que el atlas nos está llevando al comienzo de la siguiente etapa de nuestro viaje.

—¿Próxima etapa? ¿Crees que este atlas nuestro es solo la primera mitad o algo así?

—Ciertamente, podría ser el caso. Ojalá pudiera decir que lo sé con seguridad. —Se rascó un lado de la cara—. De cualquier manera, debemos seguir la ruta del mapa. Estoy seguro de que encontraremos una respuesta si estamos atentos.

—No es como si tuviéramos otra opción —murmuré—. No podemos volver.

—No, supongo que no podemos —coincidió, sacudiendo la cabeza—. Pero al menos podemos seguir avanzando.

El túnel de deslizamiento nos llevó a un sistema que quedaba justo a la entrada de una nebulosa. Allí había una bulliciosa estación espacial, que resultó estar a las afueras del territorio sarkoniano. Según la red galáctica, la estación era propiedad de una organización de investigación científica que pagaba unos impuestos nada desdeñables a los sarkonianos para que les permitieran el acceso a aquella región.

A mí me parecía malgastar el dinero, pero ¿qué sabía yo?

—Hay tres naves con identificadores de las Tierras Muertas —informó Sigmond.

—Abre una línea de comunicación con la que tenga el historial más limpio —le pedí.

Unos segundos más tarde, estaba charlando con un tipo llamado Hutch sobre llevar a dos pasajeros a una zona del espacio más segura. Aceptó un modesto pago de cuatrocientos créditos y un poco de trabajo manual mientras estuvieran a bordo, y le dije que me parecía justo. Sabía que Bolin haría todo lo que tuviera que hacer para poner a salvo a su hija. Si eso significaba limpiar algunos platos y fregar algunos suelos durante una semana o dos, me pareció que se las podría apañar.

Acoplé la *Estrella* a la estación científica, pero no pensaba quedarme mucho tiempo. El encuentro de nuestra última parada todavía me hacía mirar por encima del hombro en busca de sarkonianos, lo cual no era un sentimiento que estuviera disfrutando. Cuanto más rápido nos fuéramos, antes me sentiría satisfecho.

Por supuesto, nuestro camino nos llevaba directos al espacio sarkoniano de nuevo, lo cual no era exactamente ideal, pero los túneles de deslizamiento espacial no eran flexibles. Solo recorrían rutas específicas y, en última instancia, no les importaba un comino lo que uno quisiera. Nuestro próximo túnel, si es que íbamos a seguir adelante, seguía siendo nuestra única opción.

Una vez que tuve la nave atracada, abrí la compuerta y les dije a todos que salieran y estiraran las piernas.

—Id a tomar un trago si tenéis sed. Conseguid algo de comida. Perdimos nuestros suministros en la ciudad, así que este es el sitio adecuado para hacernos con todo lo que podamos.

—¿Qué pasa con nosotros? —preguntó Bolin.

—Ya he encontrado una nave dispuesta a llevaros —dije.

Él pareció sorprendido.

—¿Has hecho eso por nosotros? ¡Muchas gracias!

—No ha sido nada. Acabo de hacer una llamada telefónica. Ve a la plataforma de atraque número tres y pregunta por Hutch. Es el capitán de esa nave. Es un transporte de cargamento especializado en... ¿qué era, Siggy?

—La adquisición y transferencia de entretenimiento para adultos, incluidos vídeos, holografías, dispositivos de mano y replicas humanoides artificiales —respondió Sigmond.

—Ah, sí —dije—. Transporta mercancías exóticas. Nada de lo que preocuparse.

La chica, Camilla, estaba de pie a unos metros de nosotros, hablando con Lex. Su padre la llamó después de un momento y le dijo que era hora de irse.

—¿Ya? Esperaba que pudiéramos quedarnos.

—Esta gente ya ha hecho bastante por nosotros, Camilla. Ahora tenemos que cuidarnos el uno al otro —dijo Bolin.

Ella asintió con la cabeza y me miró.

—Me quedé con la caja —dijo al final—. La he dejado dentro, en el sofá. Te la puedes quedar, por salvarnos.

—Es muy amable por tu parte —le dije.

—La encontré en ese pozo, y te la habríamos vendido si esos soldados no hubieran venido.

Bolin sonrió y abrazó a su hija.

—Mi angelito es muy bueno.

La chica era una ladrona, así que no era un angelito, pero no discutí con él. Si quería creer que era un dechado de inocencia, por mí adelante, que se engañara a sí mismo.

—Bolin, ¿podemos hablar un segundo? —lo llamó Octavia—. Tengo que echar otro vistazo a esas heridas antes de que te vayas.

—Ah, sí, gracias —dijo el extendero. Me miró—. Gracias de nuevo, capitán.

Se dirigió de inmediato a Octavia, que esperaba con paciencia con un botiquín en el regazo. Hitchens estaba allí para ayudar, como de costumbre.

Camilla se quedó a mi lado, con los ojos todavía fijos en mí.

La miré.

—¿Por qué sigues aquí? —pregunté.

Ella pareció estudiarme.

—Eres un renegado, ¿verdad?

Enarqué una ceja.

—¿Quién te ha dicho eso? ¿Ha sido Abigail?

Ella sacudió la cabeza.

—He oído hablar de los renegados. Robáis y hacéis lo que tenéis que hacer para seguir con vida. Sois como yo.

—No es que te equivoques—le dije—. Pero tampoco estás en lo cierto. Tú haces lo que tienes que hacer porque no tienes otra opción. Yo lo hago porque me gusta.

—¿Te gusta robar? —preguntó.

—Solo si las circunstancias son las adecuadas —le expliqué—. Pero sí, me gusta, y se me da bastante bien.

—Yo solo lo hice para ayudar a mi padre —dijo, mirándolo. Se había quitado la camisa y estaba junto a Octavia, que parecía más que ansiosa por tocarle la espalda y volver a colocarle el vendaje—. Él lo hace todo por mí.

—Tienes razón, lo hace —le dije—. ¿Quieres cuidar de él?

Asintió.

—Entonces no te metas en problemas. Haz lo que te diga. No seas como yo, chica. No es bueno para la salud.

Bajó la cabeza, su rostro lleno de decepción. Me di cuenta de que quería más.

Dejé escapar un largo suspiro.

—Mira, chica, no se te da mal robar, pero si sigues haciéndolo, acabarás muerta o en una celda. Tienes que ser más lista si quieres salirte con la tuya.

—¿Más lista?

—Cuando tenía tu edad, me arrestaron por robar pan. Eso fue en Epsy, cuando vivía en las calles. Una vez que me dejaron salir del reformatorio, me pusieron en contacto con un oficial de libertad condicional. ¿Quieres saber lo que me dijo?

—¿Algo sobre ser bueno y dejar las drogas? —preguntó.

—No —dije, haciendo un gesto desdeñosos con la mano—. Dijo que, si quería evitar meterme en problemas, tenía que trabajar en que no me atraparan.

—¿Qué? ¿El oficial de libertad condicional dijo eso? ¿Por qué?

Sonreí.

—Se llamaba Jesson. No era el típico oficial de libertad condicional, pero era un buen tipo y me enseñó a robar.

—¿Él te enseñó? ¿Pero no se supone que un oficial de libertad condicional no tiene que hacer eso?

—Las cosas son diferentes en Epsy. Ese lugar es un pozo sin fondo. Tenías que ser inteligente para sobrevivir a esas calles. Jesson lo entendía. No perdía el tiempo enseñándonos cómo ser ciudadanos honrados, solo cómo sobrevivir. Ese es el truco de esta galaxia, chica. Tienes que aprender a seguir con vida. A veces, eso significa robar una barra de pan para tener algo que comer. Otras veces, tal vez signifique que tienes que dispararle a alguien.

De cualquier forma, el objetivo es la supervivencia. Jesson me mostró lo que estaba haciendo mal: correr a ciegas, sin entender cómo funcionaba el lugar. Me enseñó a identificar objetivos y a seguirlos. Estudiarlos. Ese es tu problema, chica. No lo planeaste bien antes de colarte en esa instalación. Incluso si crees que sí, no hiciste un buen trabajo porque esas cámaras te grabaron y así es como te pillaron. Así es como te atraparon. Debes conocer todos los puntos ciegos, hasta la última grieta de los cristales. La próxima vez, planifícalo mejor. Sé mejor que los tontos que te persiguen y siempre saldrás adelante. Más importante aún, cuando todo acabe yéndose a la mierda, ten una salida preparada.

Asintió lentamente.

—Puntos ciegos. Una salida. Creo que lo entiendo.

—No, no lo entiendes —le dije, dándole una palmada en el hombro—. Pero puede que lo hagas en unos años, después de cagarla unas cuantas veces más.

CAPÍTULO 9

ME ASEGURÉ DE que no nos quedáramos en la estación mucho tiempo. Me pareció que, en aras de la supervivencia, era mejor seguir moviéndonos.

Hitchens y Octavia volvieron con un carro lleno de máquinas. No tenía idea de qué eran, pero me daba la impresión de que, si se habían tomado la molestia, valdría la pena.

Después de todo, seguíamos sin entender del todo qué estaba pasando con Lex, y algo me decía que nos vendría bien averiguarlo.

Desplacé la *Estrella Renegada* hacia un gigante gaseoso cercano, más cerca del siguiente túnel de deslizamiento.

—¿Estamos listos para irnos, Siggy?

—Sí, señor. Activando el viaje a través del desliespacio.

Abrí el mapa estelar y examiné los datos que había extraído del dispositivo que Hitchens me había entregado. La galaxia entera apareció ante mis ojos, así como una fina línea dorada que se extendía de un sistema a otro, en algún lugar lejos de allí, hacia el perímetro exterior. Por lo que yo sabía, estaba fuera del espacio conocido. Me costaba creer que la Tierra, si es que existía, estuviera tan lejos.

Pero dios santo, aquel mapa tenía que llevar a alguna parte. Por lo general eso era lo que hacían, según mi experiencia. Quizás aquella era la ruta de vuelo de una vieja nave de investigación de hacía dos mil años, cuando esa tecnología estaba en su mejor momento. Quizás pudiéramos aprovechar lo que encontráramos y venderlo. Si toda esa expedición acababa siendo para nada, aún existía la posibilidad de sacar algún beneficio.

Había que ser optimista, ¿verdad?

Ante mí, se abrió una grieta en el espacio, justo por encima de una de las ochenta y seis lunas del gigante gaseoso.

—El túnel está despejado, señor. ¿Debo seguir adelante?

—¿Cuánto tiempo tenemos por delante esta vez? —pregunté.

—Quince horas, aproximadamente.

—Lo suficiente para un poco de whisky y arrepentimiento —dije—. Adelante, Siggy.

—Avanzando, señor.

La nave se estremeció cuando nuestros propulsores se encendieron, seguidos de un fuerte chasquido.

El asiento en el que me encontraba sufrió una sacudida.

El Foxy Stardust de mi tablero se balanceó violentamente.

—Señor, estoy detectando una actividad inusual a lo largo del casco exterior —dijo Sigmond.

La *Estrella Renegada* sufrió otra sacudida, esta vez tan fuerte que sentí que el arnés que me rodeaba el hombro se me clavaba en la piel.

—¿No me digas? —estallé—. Detén el avance y escanea la nave. Averigua si hemos chocado con algún tipo de escombro.

Activé el comunicador de la nave.

—Atención, estamos experimentando algunas turbulencias. Sentaos y abrochaos los cinturones.

—¡Capitán Hughes! —gritó una voz desde el salón—. ¡Tienes que salir aquí ahora mismo!

Me desabroché el arnés.

—Lo juro por los dioses, Siggy, si haces que choquemos contra un asteroide, te patearé tu culo digital.

—Rezo para que ese no sea el caso, señor.

La puerta de la cabina se abrió y entré al salón. Abigail estaba de pie cerca de la ventana, mirando por ella con los ojos muy abiertos. Se giró para mirarme, boquiabierta.

—¡Tenemos un problema!

—¿Qué estás...?

La compuerta se abrió con una explosión demoledora que nos lanzó por los aires a Abigail ya mí. Me di contra la pared y rodé hasta el suelo mientras el mundo se convertía en una neblina.

Sentí un zumbido en los oídos cuando intenté ponerme de pie, solo para caer contra la pared. Podía escuchar los débiles gritos de alguien a lo lejos... ¿O sonaban cerca? ¿Era Abby? ¿Me estaba llamando?

Me levanté del suelo, tratando de ver lo que tenía delante. El contorno borroso de algo, una persona en movimiento, se acercó a mí.

Fui a coger mi pistola y apoyé la mano en la funda de la cadera mientras intentaba aferrar bien el arma, pero me estaba costando.

—... alerta...

Una voz en mi oído. Sonaba igual que Sigmond.

—... señor, hay... debe... alertar...

—Siggy —murmuré, consciente de repente de lo seca que tenía la garganta—. Siggy, ¿qué está pasando?

—La nave está siendo abordada, señor. Tiene que levantarse, rápido.

—¿Abordada? —murmuré entre toses, pero no conseguía ver demasiado. Solo la neblina y los puntos negros en mi visión.

Sentí que algo se movía. Unas siluetas entraron por la compuerta.

—Señor, debe levantarse de inmediato. El enemigo está aquí. Tiene que ponerse en pie —dijo Sigmond.

Uno de ellos se detuvo, me miró y se acercó.

—¿Qué tenemos aquí? —preguntó con una voz profunda y rasposa—. Tú debes de ser el hombre a cargo.

—¿Quién... narices... se supone que eres? —me las arreglé para preguntar mientras parpadeaba a toda velocidad, intentando distinguir su rostro, por imposible que fuera.

Se rio mientras se detenía a mi lado.

—El hombre que está asaltando tu nave.

Antes de que pudiera decir algo más, sentí que la parte superior de su bota impactaba contra el lateral de mi cabeza.

Me despertó un grito.

—¡Alejaos de mí! —gritó Octavia.

Abrí los ojos de par en par y la vi tumbada boca abajo en el suelo. Su silla estaba caída de lado, como si la hubieran arrojado al otro extremo del salón.

Dos oficiales de la Unión estaban de pie junto a ella, cada uno con una mano en el hombro de una niña.

Lex.

Había demasiadas cosas que procesar a la vez. Demasiadas preguntas corriendo por mi mente. Empujé hasta la última de ellas a un lado y me concentré en la niña que tenía frente a mí.

Estaba de pie entre los dos oficiales, incapaz de hacer nada. Tenía las mejillas húmedas de llorar mientras veía cómo se burlaban de la lisiada que estaba tendida en el suelo.

Abigail estaba detrás de ella. Vi que estaba inconsciente, desplomada en una de las sillas. Tenía la cabeza inclinada hacia delante, el flequillo colgaba sobre su frente y ocultaba sus ojos. Tenía ambas muñecas atadas a la silla. O se había resistido o esos tipos sabían exactamente con quién estaban tratando.

Intenté levantar el brazo, pero sentí la presión de una correa de plástico en la muñeca. Mierda.

—¡Por favor, no le hagáis daño! —suplicó Hitchens. Estaba en el pasillo que quedaba a mi derecha, con un guardia armado frente a él.

—¡Cállate, gordo! —espetó el soldado. Empujó al doctor y lo hizo caer de rodillas. Los demás hombres rieron.

—¡Oye, he encontrado a otro! —llamó una voz. Venía de la bodega de carga.

Freddie. Cuando el soldado lo acercó, vi que tenía un morado en el ojo izquierdo. Estaba fresco y todavía sangraba.

«Al menos ha intentado pelear», pensé.

—Siéntate ahí —dijo el funcionario de la Unión que estaba en el centro del salón. Un capitán, a juzgar por su aspecto, el líder de aquel grupo.

«Él será el primero al que mataré».

Un joven se acercó al oficial. Su rango era menor. Quizás un alférez de veintitantos años. Cabello negro, bien cuidado. Ojos tranquilos.

—Capitán Anders, ¿cuáles son sus órdenes, señor?

El oficial de mediana edad examinó a todos sus nuevos prisioneros. Antes de que sus ojos pudieran posarse en mí, fingí estar inconsciente.

—Extrae los datos que puedas de su sistema. Haremos pedazos la nave una vez que tengamos lo que necesitamos.

—La nave tiene una IA, señor. No podremos traspasar su encriptación con el equipo que tenemos a mano —respondió el joven—. Si remolcáramos la nave de regreso al territorio de la Unión, podríamos solicitar a un especialista que nos ayudara en el proceso de extracción.

El oficial asintió.

—Trasladad a estos prisioneros a la bodega y regresaremos con ambas naves. Bien visto lo de la IA, alférez.

—Gracias, señor —dijo el joven.

El capitán miró a todos sus demás hombres uno por uno. Había seis en total, según mi recuento.

—Empiecen a trasladarlos de inmediato. Estoy listo para salir de este sector.

Abrí los ojos, apenas lo suficiente para ver algo. Dos hombres tomaron a Lex por las muñecas y la alejaron del resto de nosotros. Ella intentó resistirse.

—¡No! ¡Dejadme ir!

Uno de los hombres la golpeó en la mejilla.

—¡Tranquilízate!

Ella se llevó las manos a un lado de la cara, pero no lloró.

—¡Para! —vociferó Octavia—. ¡Es solo una niña!

—Dile que se calme —ordenó el capitán.

Octavia lo miró, luego a Lex.

—Lex, haz lo que te digan. Te prometo que todo saldrá bien.

Lex se llevó las manos a la cintura.

—Vale, Octavia.

Otro soldado cortó las correas de las muñecas de Abigail y luego le levantó las piernas.

—Oye, ayúdame con esta—le dijo a otro hombre.

—Claro —dijo el otro soldado. Juntos, levantaron a la mujer y la llevaron hasta la compuerta para pasarla luego a la otra nave.

Hitchens y Freddie los siguieron, con sendos rifles enterrados en la espalda. No dijeron nada mientras echaban a andar.

Al final, solo quedaron el capitán, Octavia y el alférez.

—Llevemos a esta mujer a la nave —dijo el oficial.

—¿Me va a llevar en brazos? —le preguntó.

Él arqueó una ceja en su dirección.

—Si le devolvemos esa silla, ¿se portará bien?

—¿Tanto miedo le tiene a una arqueóloga lisiada? —preguntó ella—. ¿Qué voy a hacer contra seis soldados armados?

—De acuerdo, pero le prometo que, si veo que intenta algo, haré que este —señaló al alférez— le dispare en el acto, justo en su sillita. ¿Entendido?

Ella asintió.

—Alférez, por favor —dijo el capitán.

El joven le acercó la silla y luego ayudó a Octavia a sentarse.

—Manos donde pueda verlas, por favor —le dijo a la arqueóloga.

Ella las mantuvo en el regazo y él comenzó a empujar la silla hacia la compuerta.

Cerré los ojos de nuevo, esperando. El capitán se me acercó y se quedó allí. Podía escucharlo respirar.

—Ahora, ¿qué hago contigo? —murmuró.

Escuché un clic en mi oído.

—A la espera, señor.

Bien, pero todavía no podía darle órdenes a Siggy. No hasta que me levantara de esa silla.

Sentí una mano sobre la muñeca cuando el oficial comenzó a desatarme. Estaba tardando más tiempo del que debería, pero eso se debía a que solo tenía una mano libre para hacerlo. Sabía que con la otra seguía sosteniendo la pistola. Sin abrir los ojos, comprendí que el cañón me apuntaba directamente a la cabeza. Si intentaba algo en aquel momento, estaría muerto antes de poder moverme.

Se las arregló para aflojar el nudo y luego se puso a trabajar en el otro, tirando de mi brazo hacia atrás en el proceso.

Dejé el cuerpo flojo como una muñeca de trapo y caí hacia delante.

El capitán se incorporó y se quedó a mi lado. Podía sentir el debate interno de su estúpido cerebro. ¿Debería llevarme él mismo o hacer que uno de sus hombres se encargara?

—Docker, ven aquí y carga con su capitán —ordenó.

Casi sonreí de lo predecible que era.

Docker vino corriendo desde la otra nave.

—Sí señor. Yo me encargo.

—Date prisa y llévalo dentro. Tenemos que salir de este sector de inmediato.

—Pero tenemos el campo —dijo Docker.

—Solo cubre nuestra nave —dijo el capitán Anders—. Y sin acceso al sistema de esta, no podremos usar el suyo.

—¿Eso significa que seremos vulnerables a un ataque? —preguntó Docker.

—Solo si nos quedamos aquí durante mucho rato. Esta zona está demasiado alejada del espacio de la Unión. Hay devastadores, piratas y sarkonianos. No podemos arriesgarnos a una pelea mientras llevemos esta nave a remolque.

—Entendido, señor —dijo Docker, que se pasó mi brazo por el hombro.

Me ayudó a ponerme de pie, pero volví a dejar caer mi peso y acabé dándome contra el suelo con un ruido sordo.

—Docker, tienes que sujetarlo —dijo el oficial.

—Bien —dijo Docker. Se inclinó para cogerme la mano.

Abrí un ojo y le miré la cintura... o más bien la pistola que llevaba en la cadera. Era una M-7, un arma militar estándar. No tenía escáner de huellas digitales, a diferencia delas M-8. Por suerte para mí.

Mientras me levantaba, sentí que los dedos de mis pies aún tocaban el suelo. Yo era treinta centímetros más alto que aquel imbécil, así que le estaba costando alzarme. Bien. Eso lo tenía distraído.

Lo hacía vulnerable.

Mi brazo derecho se deslizó sobre su pecho y hasta la cintura mientras él inclinaba mi cuerpo contra el suyo, y la mano me quedó a unos centímetros de su arma. Era mi oportunidad.

Agarré la pistola que llevaba y la desenfundé, luego abrí los ojos por completo y lo miré a la cara.

Se quedó boquiabierto cuando me encontré con su mirada y le clavé el arma en el costado.

—Lo siento, Docker —dije.

Con los ojos cerrados, apreté el gatillo.

Se derrumbó en el suelo frente a mí, agarrándose el costado.

Apunté al oficial con el arma justo cuando él estaba a punto de hacerme lo mismo.

—Quieto —dije.

Hizo una pausa, con la mano alrededor de la empuñadura de su arma. Echó un vistazo a su arma, luego a mí.

—Adelante —murmuré—. Si crees que eres lo bastante rápido.

Anders tragó saliva.

—Tu gente está en mi nave. Si intentas algo, morirán todos.

—Pero tú morirás primero —le dije—. Baja el arma y da un paso atrás. Si no...

Levantó el brazo de repente, en un intento de pillarme con la guardia baja.

Le disparé en el cuello y le abrí un boquete de parte a parte. Pareció sorprendido mientras se tambaleaba hacia atrás y caía al suelo con la sangre brotando del agujero recién abierto como una botella de refresco agitada.

Le arrebaté la pistola de la mano y retrocedí con ella.

Anders jadeó y emitió sonidos confusos y húmedos en lugar de palabras mientras luchaba por respirar. Se agarró a la pared detrás de él, tratando de incorporarse, pero no lo consiguió. Apenas le quedaban fuerzas. Estaría muerto en un minuto.

«Bien».

—Siggy, ¿puedes sellar sus abrazaderas de acoplamiento? —pregunté—. No podemos permitir que estos imbéciles intenten huir.

—Su nave tiene su propia unidad de inteligencia artificial, pero he estado trabajando para anular su cortafuegos. Parece que le falta la última actualización del sistema operativo, lo cual es una buena noticia. Debería tener acceso en los siguientes diez minutos, aproximadamente.

Escuché a alguien gritar desde la otra nave.

—¡Deprisa! ¡Hay que llegar hasta el capitán!

—Haz lo que tengas que hacer, Siggy —dije. Miré a Anders directamente cuando sus ojos se quedaron vacíos y dejó de moverse.

Pasé por encima de Docker, que estaba perdiendo la conciencia por momentos, y corrí hacia la pared adyacente a la compuerta. Los pasos de gente que corría resonaban en el pasillo que había al otro lado.

«Ya no falta nada».

Sentí que la pared detrás de mí temblaba cuando los soldados restantes llegaron corriendo. Podía oírlos gruñir y pisotear con torpeza. Los perros de la Unión nunca habían sido ligeros de pies.

Respiré una bocanada larga y profunda, con los dedos en los gatillos, luego extendí ambos brazos y me dirigí hacia la compuerta.

Dos hombres se encontraron con mis armas al segundo siguiente y cuatro ojos miraron los cañones.

Ambos empezaron a abrir la boca, pero disparé un par de balas antes de que ninguno pudiera hacer ruido.

Los sesos salpicaron la pared que tenían detrás y los cuerpos se derrumbaron.

«Cuatro menos, quedan dos».

Me moví con rapidez por el interior de la nave. No se parecía a ninguna nave de la Unión que hubiera visto en mi vida. El diseño era más nuevo, más limpio y más conciso. Le iba bien a una tripulación pequeña como aquella.

—Señor, perdone la interrupción —dijo Sigmond—. Me he colado en el cortafuegos. La inteligencia artificial contraria está intentando detener mis avances, pero creo que tomaré el control —hizo una pausa— ahora.

Escuché un sonido mecánico debajo de mis pies, como si algo encajara en su lugar.

—He asegurado las cerraduras. Procederé a poner en cuarentena a la otra IA.

—Buena suerte —susurré, acercándome a una habitación más grande en el centro de la nave. Se parecía a mi salón, por lo que pude ver: un área abierta con mesas y sillas. Pero los muebles eran más bonitos y no tenían el mismo olor hogareño que la *Estrella*.

Escuché la voz de una mujer al fondo del pasillo.

—¿Dónde estoy? ¿Quién eres tú?

—Supongo que Abby está despierta —dije, dirigiendo mi atención al final del corredor.

Di algunos pasos en esa dirección, pero me detuve cuando escuché un crujido, seguido del llanto de un hombre.

Corrí hacia allí, preparado para disparar, cuando vi a Abigail entrar en el pasillo con un rifle en los brazos. Reaccionó apuntándome con el arma.

—¡Eh! —espeté, levantando las manos.

Apartó el arma cuando me vio.

—Capitán Hughes.

—¿Estás bien, Abby? —pregunté, mirando el cañón de su arma.

Apartó la pistola de mí, pero no la bajó. Era un movimiento inteligente, ya que todavía faltaba un soldado más con el que lidiar.

—¿Qué ha pasado? Me he despertado hace un minuto y este imbécil estaba intentando... —Hizo una pausa—. ¿Dónde está Lex?

—La tienen en algún lugar de esta nave. —Me toqué la oreja—. Siggy, ¿sigues teniendo ojos aquí?

—Ahora sí, señor —respondió—. Están todos retenidos en el calabozo, cerca de la parte trasera de la nave, frente al puente. Tiene que girar en la siguiente a la derecha.

—Siggy dice que están por ahí—dije, señalando la ramificación del pasillo.

—¿Cuántos soldados quedan? —preguntó.

—Siggy, ¿cuál es el recuento? ¿Solo uno?

—Afirmativo, señor.

—Solo uno —le dije.

Ella asintió.

—Entonces, sígueme.

—Sígueme tú a mí —le dije, poniéndome frente a ella—. No creas que estás a cargo solo porque le has dado una paliza a ese tío.

Capítulo 10

Sabía por el recuento de cadáveres que el último soldado que quedaba era el alférez, el chico de veintitantos que había sugerido que se llevaran nuestra nave. Habría apostado lo que fuera a que un punk como aquel no podría igualarme en una pelea, en especial con aquella monja loca a mi lado, pero tampoco era lo suficientemente estúpido como para bajar la guardia.

Levanté ambas pistolas mientras nos acercábamos a la puerta del calabozo.

—Detecto movimiento en el interior —me dijo Sigmond al oído.

Un rápido asentimiento en dirección a Abigail le dijo todo lo que necesitaba saber, que aquel era el lugar correcto. Ella me devolvió el gesto y preparó su rifle.

—Ábrela, Siggy —susurré, sin querer tocar el panel de acceso. Era mejor mantener las armas y los ojos apuntando hacia delante.

—Enseguida, señor.

La puerta se abrió, revelando el interior del calabozo y...

—Me rindo —dijo el alférez de rodillas con las manos detrás de la cabeza.

No dejé de apuntarlo con las armas, luego me incliné hacia dentro para asegurarme de que no había nadie más. Incluso con la garantía de Sigmond sobre el recuento de la tripulación, era mejor estar a salvo que muerto.

Cuando estuve satisfecho, me volví hacia el hombre que tenía delante.

—Vaya —murmuré—. No creí que te rendirías sin más.

Abigail corrió a mi lado y le asestó una patada en el pecho. Él dejó escapar un gruñido agudo cuando el aire abandonó sus pulmones y cayó de espaldas. Un segundo después, Abby tenía la rodilla sobre sus costillas y un rifle en su boca.

—¿Dónde está?

—P-r a-í —dijo, su lengua aleteando contra el metal.

—¿Qué está diciendo? —pregunté.

El alférez señaló a su izquierda, al otro lado de la habitación. Pasé junto a ellos dos.

—Capitán Hughes —exclamó Freddie. Estaba a cierta distancia, en el interior de una pequeña celda con Hitchens, al final del pasillo.

—Gracias a Dios —dijo el doctor.

En la celda que quedaba enfrente, vi a Octavia en su silla de ruedas, con la pequeña Lex a su lado, en el suelo.

—¿Estáis todos bien? —pregunté.

—Tan bien como cabe esperar —dijo Octavia.

Llamé a Abigail, que se había quedado en el otro extremo del pasillo.

—Oye, antes de matarlo, ¿puedes preguntarle a ese tipo cómo abrir esto?

—Responde —ordenó, agarrando el rifle con más fuerza.

—Quizás quieras quitarle esa pistola de la boca primero —añadí. Ella gruñó, pero hizo lo que le dije.

—El código de acceso es 33918 —dijo el alférez—. Por favor, no me disparen.

—Este tipo nos lo pone demasiado fácil —murmuré.

Introduje el código en la celda de Freddie. En cuanto llegué al último dígito, la puerta se abrió.

Freddie agarró los barrotes y empujó para moverlos.

—¿Dónde están los demás soldados? —preguntó.

—Muertos o moribundos —respondí mientras introducía el código en la celda de Octavia.

Otro clic, pero esta vez agarré los barrotes y tiré de ellos yo mismo.

—¿Necesitas que alguien te empuje? —le pregunte.

Hizo girar las ruedas de su silla y se dirigió hacia la puerta.

—Lo tengo controlado, gracias.

Lex estaba de pie junto a la pared, mirándonos mientras nos reuníamos.

—Niña, ya puedes salir —le dije—. Ya es seguro.

—Antes era seguro —respondió—. Y vinieron de todos modos.

—Y si no salimos de aquí, volverán con una nave diferente —dije.

—Jace —me espetó Abigail.

—Bueno, es verdad —dije—. Tenemos que salir de esta nave de la Unión y alejarnos tanto como sea posible.

—¿Y el chico? —preguntó Hitchens—. No pensarás matarlo, ¿verdad?

—¿Por qué no? —pregunté.

—B-bueno, es solo un niño, prácticamente.

—Lo bastante mayor para unirse a la Unión —dije—. Lo bastante mayor para morir por ellos.

—No me importa la Unión —dijo el alférez—. Lo juro, no soy nadie. Acabo de terminar el entrenamiento.

—No podemos dejarte ir y ya está, colega. Has visto demasiado —le dije.

—Capitán, ¿no podríamos usar el espacio que hay en la bodega de carga? —preguntó Freddie.

—¿Qué espacio? —pregunté.

—Supongo que se refiere al hueco detrás de la pared donde nos escondiste durante aquel calvario con el tal Fratley—dijo Hitchens.

—Ah, ya —dije, sabiendo exactamente lo que quería decir, pero sin querer decirlo. Lo último que necesitaba era otra boca que alimentar, especialmente la de un prisionero.

—Si nos lo llevamos, es posible que podamos sonsacarle algo de información —sugirió Freddie.

—¿Información? —pregunté—. Es solo un crío. No sabe nada.

—P-puedo contarles cómo les seguimos —se apresuró a afirmar.

—¿Cómo lo habéis hecho? —pregunté, apuntando con la pistola en su dirección.

Siguió el cañón con la mirada.

—¿No se han dado cuenta de lo rápido que les hemos abordado? Hice una pausa.

—¿Qué quieres decir?

Abigail le apoyó el rifle en la frente.

—Por favor, continua.

—El campo —respondió—. Tenemos un campo de invisibilidad de sexta generación. Es el último de una nueva línea, instalado solo para un puñado de naves.

«¿Sexta generación?», pensé. Di un paso para acercarme más a él.

—Estás mintiendo.

—No —respondió—. Lo actualizaron el mes pasado. Nos permite viajar a través del desliespacio sin ser vistos. Lo juro, digo la verdad.

—¿A través del desliespacio? —preguntó Hitchens.

Me acerqué a él.

—¿Me estás diciendo que puede hacerse invisible dentro del desliespacio?

—Sí, sí —dijo rápidamente—. Estábamos ocultos cuando los seguimos a través del túnel. Antes de eso, los estábamos rastreando, desde que huyeron del hospital.

Sigmond habló a través del comunicador en mi oído.

—Eso coincide con mis observaciones, señor. Creo que está diciendo la verdad.

Por eso el túnel no se había cerrado detrás de nosotros. Nos estaban siguiendo, solo que no podíamos ver la nave. Sabía que tenía que haber algún motivo. Los túneles nunca permanecían abiertos tanto tiempo si no pasaba algo.

—¿Qué opinas, capitán? —preguntó Octavia.

—Yo le creo —dijo Freddie.

—Yo también —coincidió Hitchens.

Octavia señaló al chaval.

—Deberíamos llevárnoslo por ahora, tal vez interrogarlo más tarde. Aunque no sirva para otra cosa, podríamos usarlo como rehén.

—Estoy de acuerdo —dijo Hitchens.

—Ya que todo el mundo está interviniendo para dar su opinión, ¿cuál es la tuya, Abby? —pregunté.

Ella miró al alférez, con los ojos repletos de un odio silencioso.

—Tú y los demás seguís viniendo por nosotros —dijo en tono firme—. ¿Cuántas veces van ya?

—Prometo que no he tenido nada que ver con eso —respondió él.

—Estás aquí ahora —dijo.

Él no respondió.

Las manos de Abigail agarraban con mucha fuerza la empuñadura del rifle. Sus ojos estaban fijos en el hombre que tenía delante. Había visto esa mirada cientos de veces. En su cabeza, los engranajes giraban mientras se convencía lentamente de lo que tenía que hacer... Apretar el gatillo.

—Abby —dijo una voz suave detrás de los demás. Era Lex, de pie junto a la puerta de la celda.

La monja parpadeó y dejó de agarrar el rifle con tanta fuerza. Se dio la vuelta para mirar a Lex.

—Quiero irme —dijo la niña—. ¿Podemos irnos, por favor?

Abigail miró al hombre.

—Lex tiene razón —dijo Freddie—. Volvamos a la nave.

Tras unos instantes, Abigail dejó de presionar el pecho del alférez. Sin decir nada, se puso de pie. Lex le dio la mano y salieron juntas del calabozo.

Yo agarré al alférez por la camisa y le di un tirón para que se pusiera de pie.

—La niña dice que puedes vivir —le dije—. Supongo que es tu día de suerte.

CAPÍTULO 11

—¿Estás seguro? —preguntó Octavia, mirándome.

—Nunca he estado más seguro de nada en toda mi vida —dije.

Rodeé la cafetera con los brazos y usé todas mis fuerzas para levantarla.

—Si tú lo dices, pero no me gusta la idea de trasladar nada de esta nave a la nuestra.

—Vaya, es nuestra nave, ¿verdad? —pregunté, intentando mirarla desde detrás de la enorme máquina.

—Sabes a qué me refiero —dijo.

—Escucha, como capitán de «nuestra» nave, es mi decisión, y he decidido que esta preciosa tecnología es esencial para el trabajo.

Eché a andar hacia la salida, intentando no dejarla caer.

Octavia agarró sus ruedas.

—Lo que tú digas —dijo mientras rodaba cerca de mí—. ¿Cuánto tiempo tardaremos en irnos?

—En cuanto esto llegue al lugar al que pertenece —dije mientras me acercaba a la compuerta—. ¡Freddie! ¿Dónde estás?

—Por aquí, capitán —gritó desde el interior de la nave. Llegó corriendo un momento después.

—Ayúdame —ordené.

Freddie agarró la parte inferior del dispositivo.

—¡Uf! —soltó, claramente tan sorprendido por el peso como yo.

—Agárrala fuerte —dije mientras los dos nos abríamos paso a través de las dos compuertas.

—Ni siquiera sabes si el café que hace es bueno —dijo Octavia.

—Tiene que serlo. Es de una nave de la Unión —respondí.

Llevamos la cafetera hasta una mesa vacía y la dejamos encima.

—Madre mía —resopló Fred.

—¿Crees que puedes apañártelas por tu cuenta? —pregunté.

Parecía confundido.

—¿Eh?

—Hacerme un poco de café —le expliqué—. ¿Puedes encargarte?

—Ah, yo, eh, supongo que sí. —Echó un vistazo a la máquina.

—Genial —dije mientras empezaba a trotar hacia la bodega de carga—. ¡No la cagues!

Abigail y Hitchens ya estaban abajo cuando llegué, de pie cerca del centro de la bodega, contemplando la pared falsa donde habíamos metido a nuestros nuevos prisioneros.

Prisioneros, porque eran tres: el alférez de los calabozos, el hombre al que Abigail había dejado inconsciente, que seguía inconsciente, y el herido llamado Docker. Octavia se había ocupado de vendarlo, a pesar de mis reservas.

—Ah, capitán —dijo Hitchens—. ¿Partimos?

—Como siempre, Hitch —dije, bajando los escalones.

Abigail todavía tenía el rifle de la Unión apoyado sobre el pecho.

—Estábamos discutiendo la mejor forma de atender a estos hombres —dijo, señalando la pared falsa.

—He hecho que Fred asaltara sus reservas de alimentos mientras los traíamos hasta aquí, para que puedan comer —dije.

Ella asintió.

—Hasta que averigüemos a dónde llevarlos.

—Sobre eso, si se me permite hacer una sugerencia —intervino Hitchens—. Hay un sistema estelar binario no muy lejos de aquí.

—¿En serio? —pregunté. No me gustaba ni un pelo hacia dónde iba aquello.

Hitchens se tocó la barbilla.

—¿Hay devastadores o tipos peligrosos deambulando por esa zona?

—Ninguno, que yo sepa —dije—. Pero si estás sugiriendo que nos desviemos de nuestra ruta solo para dejar a estos mocosos de la Unión, no estoy seguro de que me importen lo suficiente como para hacerlo. Tiene que haber alguna opción dentro de nuestra ruta.

—Me temo que no la hay —dijo Hitchens—. He consultado el mapa estelar y esa es nuestra mejor opción.

No había tiempo para discutir mientras todavía estuviéramos anclados a una nave de la Unión.

—Pongámonos en marcha y ya nos preocuparemos de la logística más tarde. ¿Has dicho que el sistema binario está cerca? ¿Cómo de cerca?

—A dos túneles de deslizamiento de aquí, creo. Combinados, el paseo equivaldría a un día de viaje. Sin embargo, el primer túnel sigue nuestro rumbo actual, independientemente de lo que decidas.

—De acuerdo, cruzaremos el primero y resolveremos el resto más tarde —dije.

No me interesaba tener a aquellos hombres a bordo, pero ir tan lejos para deshacerse de ellos parecía una pérdida de tiempo y recursos. ¿Por qué me había abstenido de matarlos a los tres cuando había tenido la oportunidad? Habían abordado mi nave, capturado a mi tripulación e intentado quitarme mi hogar. Esos imbéciles merecían morir.

Entonces, ¿por qué no los había matado? ¿Por qué había dado a Abigail o a la albina voz y voto en lo que yo hacía y a quién disparaba?

¿Es que había perdido mi toque?

¿O me estaba ablandando?

Siggy logró bloquear a la otra IA para evitar que avisara a nadie. Al mismo tiempo, estableció el rumbo de la otra nave hacia el gigante gaseoso más cercano, donde entraría a la atmósfera y, con un poco de suerte, nunca más se la volvería a ver.

No podía decir que fuera una gran pérdida. Una nave de la Unión menos en la galaxia.

Lo que me preocupaba más que nada en aquel momento eran los hombres que teníamos en la bodega. De una forma u otra, tendría que decidir qué hacer con ellos.

Pero no antes de que me ocupara de un asunto importante.

—¡Freddie, trae aquí tu culo!

Me encontraba en el salón, contemplando la recién adquirida cafetera.

—Capitán, ¿eres tú? —respondió Freddie desde el interior de una de las habitaciones de invitados.

Llegó corriendo un segundo después.

—¿Dónde está mi café, Freddie? Creía que te había dicho que prepararas un poco.

—Lo he intentado, pero la máquina es complicada. —Se puso con el panel de control, intentando marcar un comando—. Taza mediana, dos chorros de leche, sin azúcar. ¿Ves? No funciona.

Lo obligué a hacerse a un lado.

—Lo estás haciendo mal.

—¿De verdad? —preguntó—. Supongo que no estoy acostumbrado.

Intenté introducir otro pedido en la máquina, y luego presioné el botón. No pasó nada.

—A lo mejor está rota—sugirió Freddie.

—¿Ya? Acabamos de conseguir el maldito cacharro. No es posible que necesite un arreglo tan pronto.

—¿Qué sugieres que...?

—¿Pasa algo? —preguntó Hitchens al llegar de la bodega de carga.

—Estamos intentando hacer que esto funcione —dije, girando la máquina para echarle un vistazo por detrás.

—¿Por casualidad ha salido de la nave de la Unión? —preguntó Hitchens.

Yo lo miré.

—¿De dónde más iba a sacarla?

—Ah, ya veo. En ese caso, creo que tu IA deberá integrarse con ella.

—¿A qué te refieres? —pregunté.

—En las naves de la Unión, todo está vinculado a su unidad de inteligencia artificial, incluso los dispositivos más pequeños como este —explicó Hitchens.

Resoplé.

—¿Por qué leches no me ha avisado de eso Octavia cuando he arrastrado esta puñetera máquina hasta aquí?

—A lo mejor ha asumido que lo sabías —dijo Hitchens.

Ahora que lo pensaba, hacía algunos meses le había oído decir a Ollie que la Unión se estaba desentendiendo del hardware independiente y prefería usar un sistema cerrado en todas sus naves. En ese momento se había estado quejando de que cada vez tenía que reconfigurar más tecnología de la Unión que había comprado para que funcionara fuera de sus naves. No había pensado en eso hasta aquel momento.

—Maldita sea —murmuré—. Siggy, ¿puedes interactuar con esta cosa?

—Intentándolo en este instante —dijo la IA—. Acceso permitido.

—Menuda rapidez —alabé.

—Mi objetivo es complacer, señor.

Pulsé el comando de nuevo y di un paso atrás.

Un aroma glorioso inundó el salón, encendiendo mis sentidos. Fui a por la taza en cuanto la máquina terminó de preparar el café. Apoyé los labios en el borde de la taza y bebí un sorbo.

Y luego lo escupí.

—Joder —espeté, dejando la taza en la mesa.

—¿Está malo? —preguntó Freddie.

Hitchens tomó una segunda taza y la llenó, luego tomó un trago.

—Dios mío —dijo, arrugando la nariz—. Está malísimo.

—Maldita Unión —maldije—. Ni siquiera pueden hacer bien el café.

La herida de Docker volvió a abrirse y hubo que coserla. Octavia lo hizo mientras Freddie y yo lo sujetábamos. No podíamos dejar que intentara nada. No es que pensara que fuera a hacerlo.

Aun así, no era tonto. Abigail mantuvo el rifle apuntándole a la cabeza, solo para asegurarnos.

Sus ojos permanecieron fijos en el cañón todo el tiempo. No podría decir que lo culpara, dada la ira que reflejaban los ojos de Abby. Era despiadada cuando tenía que serlo y, cuando se trataba de proteger a Lex, sabía que haría cualquier cosa.

—Con esto debería bastar —dijo Octavia, relajándose en su silla—. Pero necesita descansar.

—¿Ah, sí, Docker? —pregunté—. ¿Necesitas descansar?

—Haré lo que se me diga —dijo, sin dejar de mirar a Abigail.

Me incliné hacia delante.

—¿Qué tal si me respondes a una pregunta rápida?

—De acuerdo —dijo, respirando con dificultad.

—¿Quién os envió tras nosotros? ¿Cuáles eran vuestras órdenes?

—¿Nuestras órdenes?

—No te hagas el tonto, Docker. Junto con tu capitán, que ahora está muerto, por cierto, eras la persona de más alto rango en tu tripulación. Estoy seguro de que sabes por qué estás aquí. Mejor aún, ¿quién os dio la orden en primer lugar?

Tragó saliva, una gota de sudor le corrió por su grueso cuello.

—P-pues fue el general Brigham. Él...

—¿Acabas de decir Brigham? ¿El que está a cargo del *Galáctico* no sé qué?

—El *Amanecer Galáctico* —respondió con un asentimiento

Lo miré a los ojos aterrorizados, para ver si había algo de verdad allí. Aposté a que sí, dado el miedo que vi en él. Pero era inteligente. Sabía cómo seguir con vida y en aquellos momentos la única forma de hacerlo era decirme la verdad.

Me puse de pie y miré a Abigail.

—Volvamos a meterlo con los otros dos.

Ella bajó el arma, pero solo un poco.

—¿Has acabado de hacer preguntas?

—Por ahora —dije, mirando a Docker—. Pero volveremos a hablar. ¿Entendido, Docker? Y no quiero que me des problemas.

—Ningún problema, señor —dijo.

Lo arrojamos a la celda y cerramos la pared, encerrándolo dentro con los otros dos prisioneros, el alférez y el oficial que había intentado atar a Abigail. No tenían luz ni baño, no había nada más que el frío metal que los rodeaba por todos lados. A duras penas era vivir, pero era mucho mejor que morir, eso seguro.

Abigail y yo nos encontramos en la cabina unos minutos más tarde. Ella apoyó su rifle en la puerta.

—¿Qué pasa? —me preguntó.

Fui directo al grano

—¿Quién es Brigham? —pregunté—. ¿Tiene alguna vendetta contra ti? ¿Estaba allí cuando secuestraste ala niña?

—¿Brigham? Es el jefe de la Tercera Ala Operacional de Defensa de la Unión. Controla su carguero acorazado más grande.

—Un carguero acorazado —repetí—. Una nave que es tan grande que caben mil como la mía en su interior. Ese es el tipo que te persigue. —Hice una pausa, negando con la cabeza—. El tipo que nos persigue.

Asintió.

—Pero no podrá encontrar nuestra nave si seguimos moviéndonos.

—Nos estábamos moviendo, pero esos seis idiotas han logrado encontrarnos.

—Eso no me lo esperaba.

—Ni tú ni yo, ninguno de los dos. Siggy, ¿puedes enseñarme todo lo que tengas sobre el general Brigham?

—Enseguida, señor.

Me apoyé contra la pared, luego saqué un caramelo duro y lo desenvolví. Antes de metérmelo la boca, miré a Abigail, que parecía estar observándome.

—¿Quieres uno? —pregunté, ofreciéndole el dulce.

—No, estoy bien —dijo, levantando la mano para rechazarlo.

—Como quieras —dije y me metí el caramelo en la boca. Era de un delicioso sabor a kessil, basado en una fruta de Kandil Sexto. Lo bastante común como para que se pudiera encontrar en casi todos los planetas del espacio de la Unión, así como en la mayoría de los mundos de las Tierras Muertas. «Común por una razón», pensé. Eran fáciles de cultivar, fáciles de cosechar. Pero lo que era más importante, eran perfectos para las resacas.

Tenía seis en la nevera. Puede que fuera a buscar un par de ellos cuando aquello terminara, junto con un poco de sopa. Me había quedado sin la de tomate, pero todavía tenía una mezcla de fideos y carne esperándome en un cajón. Ahora que lo pensaba, necesitaba ir de compras con bastante urgencia.

¿Tenían tiendas de comestibles en lo más profundo de las Tierras Muertas? Para ser sincero, no tenía ni idea

—Análisis completo —dijo Siggy—. Por favor, perdone la demora, señor. He tenido que enmascarar nuestra identificación de red antes de acceder a la red galáctica.

—Ningún problema —dije, rompiendo el caramelo con los dientes—. Echémosle un vistazo al historial de ese tipo.

Sobre mi consola apareció una pantalla holográfica que mostraba la cabeza y el pecho de un hombre de mediana edad con cabello blanco y ojos marrones. Si hubiera tenido que adivinarlo, habría dicho que la imagen probablemente había salido de su historial militar, ya que vestía un traje de gala de la Unión, y un gran puñado de cintas adornaba su pecho. No tenía ni idea de para qué era ninguna de ellas, pero si la biografía servía de alguna indicación, aquel hombre entendía la guerra mejor que la mayoría.

Nombre: General Marcus H. Brigham
Edad: 62
Lugar de nacimiento: Androsia
Rango: General, Grado 2
Altura: 182 cm
Estado civil: Divorciado
Última asignación: *Amanecer Galáctico*
-Lista de Medallas y Premios-

Alargué la mano y toqué la lista de premios. Se expandió y reveló lo que debían de ser cincuenta líneas adicionales. Había varios premios que sonaban impresionantes, aunque no tenía ni idea de si realmente lo eran.

Medalla al Valor (en tres ocasiones)
Medalla de Excelencia Norsdad
Legión de honor
Cruz galáctica
Medalla de Excelencia de la Unión (en seis ocasiones)
Condecoración de la flota de la Unión por Galantería
Premio de la flota de la Unión al Valor

El resto de la lista continuaba durante varias páginas y se remontaba a veinticinco años atrás. Era un soldado dedicado como ningún otro.

Cerré la lista de premios y examiné el modelo de su nave, el *Amanecer Galáctico*. Ocupó el lugar de Brigham en la pantalla holográfica: un carguero acorazado con lo que debían de ser mil naves de ataque. Era probable que hubiera suficiente potencia de fuego a bordo de aquella monstruosidad para cristalizar una ciudad entera, tal vez incluso un planeta.

—¿Qué opinas? —preguntó Abigail, mirando por encima de mi hombro.

—Creo que tenemos un problema —dije, alejándome de la pantalla—. Y es peor de lo que esperaba.

CAPÍTULO 12

—¿DÓNDE ESTABAIS? —PREGUNTÓ Octavia mientras Abigail y yo nos reuníamos con ella en el compartimento de carga.

Hitchens estaba a su lado, y estaban cerca del microscopio electrónico.

—Con toda esta conmoción, casi nos olvidamos de revisar el análisis de células sanguíneas —dijo el doctor.

—¿Habéis encontrado algo? —preguntó Abigail, dejándome atrás a toda prisa.

Me quedé atrás y observé, habiendo aprendido hacía mucho tiempo que a veces es mejor callar y escuchar.

Octavia cogió un frasco de sangre de la mesa.

—De hecho, es interesante. Las células de Lex...

—¿Dónde está Lex? —preguntó Abigail—. Preferiría que no escuchara esto.

—Frederick la está cuidando —aseguró Hitchens—. Creo que están repasando ortografía.

Abigail asintió.

—Gracias. ¿Qué les pasa a sus células?

—En realidad, esa es la parte extraña. No hay nada necesariamente malo en ellas. Simplemente son... mejores. De hecho, cuanto más examino a Lex, más llego a esa conclusión. Ella es mejor.

Abigail ladeó la cabeza.

—No estoy segura de estar entendiéndolo.

—El cuerpo humano es curioso. No importa la situación, intentará curarse a sí mismo, sobrevivir el mayor tiempo posible. —Se deslizó la uña por la muñeca—. Cuando te cortas, el tejido se daña, por lo que se necesita un proceso de curación. Hay que volver a unirlo. Por lo general, aplicaríamos algún medicamento y no sería un problema, pero en la naturaleza, el cuerpo lo tiene que hacer todo por sí solo. Y lo hace mediante la cicatrización.

Me incliné hacia delante y me alejé de la pared.

—Lex no tiene cicatrices. ¿Qué significa eso?

—Por lo que he podido deducir —continuó Octavia—, que no es mucho, ya que no tengo acceso a un laboratorio, el cuerpo de Lex no está creando un andamio temporal para que las células crezcan. Eso es inusual, porque si fuera uno de nosotros, veríamos lo contrario. Nuestras células intentarían curar la herida, construyendo ese andamio en el proceso, y se formaría una cicatriz. En cambio, la sangre de Lex crea una estructura cristalina con una regularidad limpia. Esto es más que inusual. Es algo que no sucede.

—¿Y sabes todo eso analizando su sangre? —pregunté.

—En parte. Sus células sanguíneas, a diferencia de las nuestras, no contienen copias defectuosas o inadecuadas. Crecen en orden, lo que hace que la regeneración sea impecable. —Miró el frasco de sangre que tenía en la mano—. Son perfectas.

—¿Algo de esto tiene sentido para ti? —pregunté, mirando a Abigail.

—Un poco —dijo, asintiendo con la cabeza—. Octavia, si te he entendido bien, nos estás diciendo que el cuerpo de Lex puede curarse más rápido, ¿verdad?

—No es solo eso —dijo la exmédico de la Unión—. Si estos análisis iniciales son correctos, sus glóbulos blancos también son mucho más eficientes. Por la razón que sea, nació así.

—¿Podrían haber hecho esto esos científicos de la Unión? —pregunté.

—Hasta donde yo sé, la tecnología para modificar genéticamente a un ser humano a este nivel no existe, pero la Unión tiene muchos secretos y laboratorios ocultos, así que, ¿quién sabe?

—La saqué de uno, así que está claro que le estaban haciendo algo —dijo Abigail—. Creía que era por sus tatuajes, pero y si... —Su voz se fue apagando—. ¿Y si hubiera algo más?

Hitchens, que había guardado silencio durante la mayor parte de la conversación, se aclaró la garganta.

—Creo que todavía tenemos mucho que descubrir. Por muy talentosa y brillante que sea Octavia, no es bióloga. Nada de esto es seguro. No sin más pruebas y análisis.

Octavia asintió.

—Estoy de acuerdo. Necesitamos encontrar unas instalaciones adecuadas con...

—No tenemos tiempo para eso —interrumpí—. Tenemos una nave de la Unión del tamaño de una luna pequeña detrás de nosotros. Sea lo que sea esto —señalé al microscopio electrónico y los viales de sangre que había al lado—, podemos resolverlo más tarde, cuando estemos a salvo.

—Pero ¿qué hay de Lex? —preguntó Abigail.

—Ya has oído a Octavia. Se encuentra bien. Mejor que bien, si lo he entendido correctamente.

—Lo has entendido —confirmó Octavia.

—¿Ves? Debo admitir que no he pillado ni la mitad de la parte científica, pero sí lo más importante.

Abigail dio un paso para acercarse más a mí y mirarme de cerca con sus ojos verdes.

—Una vez que nos encarguemos del resto, quiero que me asegures que encontraremos respuestas para Lex.

Su tono de voz era vulnerable, en cierto modo, o casi tan vulnerable como podía serlo en una mujer así. Me pilló con la guardia baja.

—Lo haremos —aseguré, mirándola a los ojos.

—¿Tengo tu palabra? —preguntó, inclinándose aún más hacia mí.

Me llegó su olor, como si lo estuviera percibiendo por primera vez. Su cabello rubio caía por debajo de sus hombros en completo desorden, pero había algo en aquella locura, en la forma en que la luz incidía en los mechones. Era...

«¿Qué estoy haciendo?».

Di un paso atrás.

—Sí, de acuerdo. La tienes. —Me aparté de ella—. Si ya hemos terminado de hablar de sangre mágica, me voy a la cama.

Hitchens, asegúrate de alimentar a los prisioneros. No toques mi fruta.

—¿Quieres que... los alimente yo solo a los tres?

—Alguien tiene que hacerlo. Que Freddie te ayude. —Me dirigí hacia el pasillo, sin darle la oportunidad de responder.

CAPÍTULO 13

—Estamos abandonando el desliespacio, señor.

Abrí los ojos. Todavía me sentía atontado y cansado. La voz de Siggy, tranquila como estaba, me provocaba aguijonazos en el cerebro. La pantalla holográfica de mi habitación seguía encendida, iluminando la oscuridad. ¿Cuándo me había quedado dormido?

—Señor —dijo Sigmond—. Estamos a punto de...

—Sí, sí, ya te he oído —le dije, girándome de lado. Lo que quería hacer era volver a dormir—. Siggy, cuánto tiempo hasta...

Me quedé petrificado cuando lo sentí. El líquido frío y húmedo que mojaba mi cama.

¿Me había meado encima?

No, no era eso. No olía a orina. Me lamí los labios agrietados, saboreando lo que quedaba del whisky en mi boca.

Pasé la mano por la sábana empapada hasta donde el charco era más profundo y palpé el vaso vacío con el dedo índice. Debía de haberme quedado dormido mientras bebía.

Me levanté de la cama y varias gotas de whisky cayeron de mis bóxers. «Necesito una ducha», pensé.

Tendría que cambiar las sábanas. También tendría que limpiar el colchón. Lo último que recordaba era que estaba en la cama, viendo una vieja película holográfica sobre un ladrón profesional. Intentaba robar un banco, pero no recordaba el final.

No importaba. Había pasado más tiempo del que quería y todavía tenía que bañarme y vestirme, todo en los siguientes minutos. Si Abigail me veía así, se volvería loca.

No es que me importara. «Que intente sermonearme. No importa. Esta es mi nave».

Bostecé y tomé un trago de agua de la jarra que tenía debajo de la cama, luego le dije a Siggy que abriera la ducha y que quería el agua caliente, aunque no mucho.

Ocho minutos y medio después, estaba limpio y secándome la cara. Me situé frente al espejo, examinándome los ojos inyectados en sangre, sediento de mala manera. «A lo mejor debería dejar el alcohol», pensé, recordando que cuando tenía veinticinco años podía beber en todos los bares de la ciudad y aún estar lo bastante sobrio como para llevarme a una mujer a la cama.

En aquellos días, cuando era solo un chico punk en Epsy, creía que podría beber y follar por toda la eternidad. Nadie se interpondría en mi camino. Iba a tenerlo todo y vivir para siempre.

Pero eso era lo que pasaba cuando se era joven y estúpido. Uno creía que el mundo era suyo, y tal vez podría haberlo sido, si hubiera jugado una mano mejor, pero los críos siempre son demasiado estúpidos para verlo, para saber cuál es la decisión correcta.

Se enamoran y toman decisiones tontas. Matan al chico equivocado o se acuestan con la chica equivocada. Así es como uno acaba muerto en una cuneta, un desecho sin valor sin un solo crédito a su nombre, desaparecido antes de que nadie supiera quién era.

Sin nave ni tripulación.

Sin...

Un golpe en la puerta me sacó de mi ensimismamiento. Me pasé la toalla por el cuello y luego me envolví la cintura con ella.

—¿Quién es?

—Lex —dijo una voz entrecortada y apagada.

—¿Qué pasa, pequeña? —Me puse unos pantalones y cogí mi camisa.

—¡Abre!

Gemí mientras me ponía los zapatos, luego apreté el botón de la puerta.

Estaba allí de pie con una sonrisa en la cara, girando de izquierda a derecha, sosteniéndose sobre un pie.

—Mmm, ¿qué estás haciendo?

—Nada. ¿Qué quieres? —pregunté.

—Mmm.

—Suéltalo ya —le dije.

—¿Puedo comer un mmm...?—Miró al suelo—. ¿Puedo comer un caramelo?

—¿Un caramelo? ¿Por eso que estás aquí? —Abrí el cajón de mi escritorio y saqué algunos caramelos duros—. Claro

Se le iluminaron los ojos cuando los vio.

—¿De verdad?

Le tiré uno con sabor a chicle.

—Disfrútalo.

—¡Guau, gracias! —Lo desenvolvió tan rápido como se lo permitieron sus manitas.

Recogí mi cartuchera y mi pistola, luego me las até alrededor del pecho y la cintura y comprobé que estuvieran bien sujetas.

—Señor Hughes —dijo Lex mientras el caramelo duro chasqueaba contra sus dientes—. ¿Qué es ese olor?

Eché un vistazo a la cama, que estaba empapada de whisky.

—Ah, no es nada. No te preocupes.

Ella arrugó la nariz.

—Huele mal. ¿Se ha roto algo? ¿Qué ha sido?

—Nada, chica. Oye, mira esto. —Dejé un segundo caramelo sobre la mesa—. Aquí tienes otro. Guárdatelo para más tarde, o no. Pero cógelo y sal de aquí.

Lo agarró con una sonrisa y lo enterró en su bolsillo.

—¡Gracias, señor Hughes!

Le di un codazo para que se moviera.

—Hora de irse.

Ambos salimos de la habitación y me aseguré de que estuviera cerrada.

—¿Dónde están los demás? —pregunté cuando entramos en el salón.

Ella mordió el caramelo. Clac, clac, clac.

—Abby y Freddie están jugando en la bodega. Han dicho que no podía quedarme.

—¿Y qué pasa con Hitchens y Octavia?

—Están en su habitación con la puerta cerrada —dijo.

«Madre mía», pensé.

—¿Y quién se supone que tiene que vigilarte, entonces?

—Abby me ha dicho que me quedara en el salón, pero aquí me aburro.

—Así que se te ha ocurrido ir a molestarme, ¿eh?

—¡Sí! —sonrió.

Empecé a caminar hacia la cabina, alejándome de los sofás y las mesas.

—¿Te vas? —preguntó.

—Ya te lo he dicho, tengo trabajo...

—Yo también —exclamó, luego corrió detrás de mí y se puso a mi lado.

La miré, solo para verla sonreír con un caramelo rojo entre los dientes.

—De acuerdo. Haz lo que quieras —dije, sin importarme lo suficiente como para detenerla—. Siggy, ¿cuál es el estado de la nave? ¿Queda poco para salir?

—Llegaremos al siguiente punto de deslizamiento en menos de dos minutos, señor.

—En cuanto estemos fuera, activa el campo —ordené.

—Entendido, señor.

—¿Qué es un campo? —preguntó Lex con curiosidad.

Me senté detrás del tablero. Ella hizo lo mismo en la silla del copiloto, a mi derecha.

—Protege la nave. Nos hace invisibles —dije.

—¿Es para que los malos no nos encuentren?

Me reí.

—Claro, chica. Los malos. —Estuve a punto de decirla la verdad, que algunas personas me consideraban el malo. Había robado, matado y hecho contrabando por toda la galaxia, rompiendo todas las leyes posibles en el proceso. ¿Eso me convertía en el malo? ¿O me convertía en un superviviente?

¿Había alguna diferencia?

—¿Son malos los hombres que están en el cuarto oscuro? —preguntó después de un momento.

Me llevó un segundo darme cuenta de quién estaba hablando.

—Ah, te refieres a los soldados, ¿verdad?

Ella asintió.

—Son malos —confirmé, y lo dejé ahí.

La verdad era que todos esos hombres podrían ser buenos. Quizás en el fondo tenían una sólida brújula moral. ¿Quién iba a saberlo, en realidad? Pero habían ido hasta allí con el objetivo de quitarnos a aquella niña, secuestrarla y entregarla a los científicos. Tenía que verlos como malvados, por su propio bien. Quizás entonces se mantuviera alejada de ellos.

El túnel comenzó a abrirse y una grieta se formó ante nosotros como un clavo que atraviesa la tela.

Pero en lugar de la oscuridad del otro lado, me sorprendió encontrar una luz cegadora que me obligó a protegerme los ojos.

—¿Qué es eso? —preguntó la niña, a mi lado.

—Siggy, análisis —dije, ignorando la pregunta.

—Parece que este túnel termina cerca de la órbita interior de una estrella amarilla, número de clasificación 392.

—Disminuye el brillo de la pantalla en un cincuenta por ciento.

—Por supuesto

La pantalla se oscureció de inmediato, lo que me permitió bajar la mano y apartarla de los ojos.

—¿Cómo de cerca estamos de esa cosa?

—A sesenta y cinco millones de kilómetros, aproximadamente —respondió Sigmond.

Estuve a punto de soltar un taco. La distancia segura más cercana a una estrella de aquel tamaño a la que podía llegar a una nave como la *Estrella Renegada* era de sesenta millones de kilómetros. Un poco más y podríamos haber sufrido daños graves en el casco... o algo peor.

Era un lugar terrible para abrir un túnel.

—Dame la siguiente ubicación —ordené. Las coordenadas aparecieron en mi pantalla. No estaba lejos. Bien.

Me sorprendí cuando se iluminó otro conjunto de coordenadas. El segundo estaba en el lado opuesto de la estrella de nuestra posición actual.

—Siggy, ¿qué es esto? —pregunté.

—He enviado las coordenadas de los túneles correspondientes a nuestros dos destinos.

—¿Dos? Es verdad. Casi me había olvidado del viaje paralelo que Hitchens quería hacer. ¿Cuál nos indica el atlas que sigamos?

—Las primeras coordenadas —respondió Sigmond.

Casi ordené a la nave que continuara en su curso actual y siguiera el atlas, pero al hacerlo nos quedaríamos atrapados con esos tres rehenes, posiblemente de forma indefinida. Aquello no me convencía. Hitchens, a pesar de su absurdidad, había ofrecido una buena alternativa.

—¿Qué estamos haciendo? —preguntó Lex, con el caramelo todavía en la boca.

—Estoy intentando decidir adónde ir —dije.

—¿Cuál es el camino correcto? —preguntó.

—No lo sé. Ese es el problema.

—¿Se lo has preguntado a Abby? Ella siempre sabe qué decirme cuando yo no lo sé.

—No te ofendas, chica, pero eso es lo último que quiero hacer ahora mismo. —Todavía podía sentir el lastre de la resaca.

—Bueno, entonces tienes que tomar una decisión —dijo Lex con alegría.

—Niña, no es tan sencillo...

—¡Capitán! —gritó una voz desde el otro lado de la puerta de la cabina.

Me giré en mi asiento en cuanto lo escuché.

—¡Capitán Hughes! —Parecía Freddie.

Me puse de pie y salí corriendo al salón, dejando a Lex en la cabina.

—¿Por qué leches estás gritando?

Freddie casi chocó conmigo cuando entré al salón.

—Capitán, tenemos un problema grave.

—Pues escúpelo —espeté.

—¡Los prisioneros, los soldados de la Unión, han salido de la celda y tienen al doctor Hitchens!

—¡Alto! —gritó Octavia desde el pasillo.

—Mierda —murmuré mientras alargaba la mano hacia la pistola. La desenfundé y miré a Freddie—. ¡Sígueme!

Corrimos por el pasillo hacia la bodega de carga. Me detuve cerca de la puerta, luego me arrastré hasta la pared. Agarré a Freddie por la camisa y lo mantuve alejado.

—Espera —susurré bastante fuerte.

Él asintió con la cabeza, pero pude ver el miedo en sus ojos. Por las mejillas y la frente le corrían gotas de sudor. El pánico había empezado a atormentarlo.

Me incliné más hacia el borde de la puerta en un intento de ver qué demonios estaba pasando allí.

Primero vi a Abigail, de pie a unos metros frente a dos de los hombres. Uno tenía a Hitchens agarrado por el cuello. Docker, por su aspecto. El otro tipo, el mismo al que Abigail había dejado inconsciente en la otra nave, tenía un trozo de tubería roto en la mano. Una parte de mí se preguntaba dónde podría haberlo conseguido, pero enterré ese pensamiento y me concentré en la situación.

«Dos hombres, un rehén, ni rastro del tercero —pensé—. Abigail está lo bastante cerca para atacar, si lo necesito. Octavia también tiene que estar cerca, pero el ángulo no es bueno. Podría estar debajo del saliente o debajo de las escaleras».

No tenía suficiente información. Necesitaba ver mejor lo que pasaba.

Escuché una respiración rápida y pesada a medio metro detrás de mí. «Ah, y ahí está Freddie, supongo».

—Soltadlo y os prometo que no os mataremos —les dijo Abigail a los dos soldados de la Unión.

—Solo queremos salir de esta nave —dijo Docker, tratando de mantener la cabeza de Hitchens frente a la suya—. No queremos hacer daño a nadie, pero lo haremos si es necesario.

—Si lo haces, habrás perdido a tu único rehén. ¿Es eso lo que quieres? —La voz de Octavia parecía provenir de algún lugar junto a ellos, de una zona que yo no alcanzaba a ver.

—Seguiremos teniéndoos a vosotras dos —espetó aquel cuyo nombre no sabía.

—Incorrecto—respondió Abigail—. Os mataría a los dos antes de que pudierais tocarnos.

Él se rio.

—Solo pudiste conmigo la primera vez porque creía que estabas inconsciente. No volverás a tener tanta suerte.

—No fue suerte —dijo—. Y estaba inconsciente de verdad. Si puedo hacer eso, medio desorientada y con un dolor de cabeza horrible, imagina lo que puedo hacer ahora.

—¡Gilipolleces! —Levantó la pistola—. ¡Intenta cualquier cosa y yo iré primero a por la lisiada!

Me abrí camino hacia el piso superior de la bodega de carga, con la mano extendida para que Freddie se quedara atrás. Muy despacio, me dirigí a la parte trasera de la barandilla, desde donde podía ver toda la zona.

Abigail se fijó en mí de inmediato, pero ni me echó una mirada.

—Tu amigo es el que ha tenido la mejor idea. No deberías salir de la celda, como él ha hecho.

—Está asustado —dijo Docker.

—Yo diría que es inteligente —respondió—. Vosotros dos... no tanto.

Me miró de nuevo, pero solo un segundo. El tiempo suficiente para transmitir un mensaje. El tiempo suficiente para una señal.

Apunté con la pistola al que tenía la tubería y apreté el gatillo.

La bala zumbó por el aire y le atravesó la mandíbula, esparciendo sangre y huesos contra la pared que tenía detrás.

Dio la vuelta sobre sí mismo como una muñeca, parpadeando a toda velocidad, y luego se derrumbó y soltó la tubería.

—¡Bennett! —gritó Docker.

—¿Así se llamaba? —pregunté mientras bajaba las escaleras.

—¿Cómo... de dónde...?

—Suéltalo, Docker —le advertí—. Si no...

—Yo... yo...

—Nos olvidaremos de todo esto si haces lo que te pedimos —dijo Abigail.

—¡Haz lo que te dicen, idiota! —gritó el joven alférez, que seguía en la celda.

Octavia estaba cerca de su posición, detrás de algunas cajas, como si hubiera estado atrapada allí.

—Escucha a tu amigo —dijo.

—Si lo hago, ¿no me mataréis? —preguntó.

—Podríamos hacerlo, si lo vuelves a intentar —le dije.

Abigail me miró con una expresión que me dijo que probablemente debería dejar de hablar.

—No te haremos daño, Docker —dijo Abigail.

Él asintió y empezó a soltar a Hitchens, pero cuando Abigail empezó a moverse, reforzó su agarre sobre él.

—¡Quieta!

Ella suspiró.

—Docker, ¿qué estás haciendo?

—Te he vendado las costillas, ¿y así es como me lo pagas? —preguntó Octavia.

—¡L-la situación es complicada!

En ese momento, vi a Freddie en la cubierta superior. Se había subido a la barandilla y estaba a tres metros y medio del suelo.

Lo observé.

—¿Qué...?

Antes de que pudiera terminar, él ya estaba en el aire, había saltado directamente hacia Docker. Aterrizó sobre sus hombros, lo cual los envió a ambos, así como a Hitchens, al suelo.

Abigail se lanzó hacia delante para ayudar a Hitchens, mientras yo iba por Docker. Sorprendentemente, Freddie logró rodar y ponerse de pie en cuestión de segundos.

Cuando Docker empezó a levantarse, lo golpeé en la nariz con la culata de mi pistola y volvió a caer al suelo.

—¡Quédate quieto, idiota!

Capítulo 14

Me senté junto a la celda abierta, en la que estaban los dos hombres. Docker estaba de rodillas, con las muñecas esposadas y una mordaza en la boca, mientras que el alférez estaba de pie junto a la entrada.

—Buena idea lo de no intentar escapar. Mejor que la del estúpido de tu amigo.

—Nnfph —dijo Docker.

—Cierto —estuve de acuerdo—. Muy estúpido.

El alférez asintió.

—Sabía que no había ningún lugar al que escapar.

—¿Lo ves? Muy inteligente. Ahora sigue así y saldrás de esto de una pieza.

—¿Cuándo? —preguntó.

Me sorprendió su calma, casi como si no estuviera aterrorizado, como si en realidad no me viera como a un enemigo.

—Cuando yo lo diga. Quédate callado y no me causes ningún problema. Hazlo y os soltaré a los dos a la primera oportunidad que tenga.

—¿Tiene alguna idea de dónde será eso?

—Todavía no, pero el tipo al que Docker rodeaba con el brazo, Hitchens, conoce un lugar. Algún planeta habitable a poca distancia.

—Entiendo —dijo el alférez—. Me aseguraré de que Docker no vuelva a intentar nada.

—Estupendo —dije—. Eres más inteligente de lo que pareces, chico.

—Alphonse —me corrigió.

—¿Qué?

—Es mi nombre. Alférez Alphonse Malloy.

Su tono era diferente al de antes, durante la captura. Estaba más tranquilo, menos frenético, como si todo su miedo se hubiera evaporado. ¿Creía que ahora estaba más seguro, ya que se había negado a unirse al intento de fuga de sus compañeros de tripulación? Había asumido que se había quedado atrás por miedo, pero observándolo ahora, me pregunté si había algo más.

—Está bien, Alphonse —le dije, con un gesto de desdén—. Lo que sea. Compórtate y no me hagas enfadar.

—No le causaré ningún problema.

—No es ningún problema para mí —dije, dando un paso atrás de la celda—. Tú eres el que acabará muerto.

Volví al salón y me fui directo hacia la nevera. Tenía sed y seguía con resaca, así que la única solución era un trozo de kessil. Si estaba en lo cierto, encontraría cuatro en la nevera.

Abrí la puerta y me incliné para mirar el tercer estante. Había un bote de mostaza, dos cenas refrigeradas y absolutamente ningún kessil.

—¿Pero qué mierda es esta? —pregunté—. ¡Oye! —Me incorporé y giré la cabeza—. ¿Quién ha cogido mi fruta?

Escuché un sorbido proveniente del sofá.

—Pegggdón —dijo Lex, que estaba masticando uno de los kessil. Tragó y luego pegó otro bocado.

La miré.

—Lex, ¿qué es eso que tienes en la mano?

—No lo sé —dijo con una sonrisa, intentando hacerse la inocente.

Cerré la nevera, enterrando la furia en mi garganta mientras poco a poco se convertía en una furia asesina.

—¿Estás segura de eso?

Escondió la barbilla en su camisa, empapando el borde de la misma con el jugo de la fruta.

—No lo sé. —Se rio.

Dejé escapar un largo suspiro, aceptando mi derrota a manos de aquella niña.

—Estaré en el puente.

—¿Puedo ir? —preguntó mientras saltaba del sofá, con el kessil devorado casi en su totalidad todavía en la mano.

No respondí y entré en la cabina, luego cerré la puerta detrás de mí y la bloqueé.

Me derrumbé en mi asiento e intenté ponerme cómodo. Estaba exhausto, resacoso y cansado de lidiar con todo aquello. Puede que me sentara bien echarme una siesta allí, pero solo si me dejaban en...

—Señor, odio entrometerme, pero...

«Maldita sea».

—¿Qué pasa ahora, Siggy? ¿Tú también has venido a traicionarme?

—Cielos, no, señor. Nunca soñaría con algo así. Simplemente quería informarle de que aún no ha especificado nuestro próximo destino.

—¿Destino? —pregunté.

—Necesitamos elegir una ruta. ¿No recuerda nuestra última conversación? Fue justo antes de la interrupción que involucró al señor Frederick Shiggorath.

«Uy, cierto», pensé. Con toda la locura en la bodega de carga, sin mencionar la catastrófica pérdida de mis kessiles, me había olvidado por completo de los dos túneles de deslizamiento.

—¿Debo seguir adelante, según nuestra ruta original? —preguntó Sigmond.

—No, iremos por el otro camino. El que nos dijo Hitchens. El desvío.

—Entendido. Programando el nuevo destino. Sistema estelar X1-20-5519.

—Suena a lugar maravilloso con gente increíble —dije.

—No tengo forma de saberlo, señor, pero espero que lo sea.

—Yo también, Siggy. —Me eché hacia atrás, apoyé los pies en la consola y cerré los ojos—. Yo también.

Tardamos seis horas en cruzar el túnel. Dormí durante la mayor parte del tiempo. Cuando por fin abrí los ojos, me sentí mejor de lo que me había sentido en días.

—Siggy —murmuré, lamiéndome los labios y deseando tener un poco de agua.

—¿Sí, señor?

—La próxima vez que beba whisky puro en mitad de la noche, recuérdame lo horrible que fue la última vez, ¿de acuerdo?

—Por supuesto señor.

Me incliné hacia delante mientras me frotaba los ojos y parpadeé, tratando de concentrarme. Acabábamos de entrar de nuevo en el espacio normal, ya habíamos dejado atrás el túnel. Según el mapa, estábamos en el sistema X1-20-5519. Había un planeta esperando en la zona, tres planetoides más pequeños en órbita profunda y algunos cientos de asteroides. No era el tipo de lugar que uno querría visitar, pero serviría para deshacernos de los prisioneros.

Introduje un comando para acercarnos al planeta y luego nos coloqué en una órbita estable.

—Oculta la nave —ordené—. Con suerte, esto no nos llevará mucho tiempo.

—¿Debo comenzar los procedimientos de aterrizaje, señor?

—Adelante —dije, al tiempo que me levantaba de la silla. Toqué el cabezón de Foxy Stardust y lo dejé rebotar caóticamente mientras salía de la cabina.

—Capitán —dijo Freddie, que estaba sentado con Abigail—. ¿Has estado en el puente todo este tiempo?

—Tenía una tarea pendiente —mentí—. ¿Se están portando bien esos dos soldados?

—Les hemos dado de comer y los hemos dejado en su celda —dijo Abigail—. Deberían seguir vivos.

—Bueno, estamos en el sistema que Hitchens me dijo, así que por fin podemos deshacernos de ellos. ¿Creéis que podéis ayudarme a subirlos al transbordador?

—Con mucho gusto —dijo Abigail.

—Encantado de ayudar —dijo Freddie.

—Apuesto a que lo estás. —Sonreí—. Simplemente no te abalances sobre nadie esta vez, si puedes evitarlo.

Esbozó una sonrisa avergonzada.

—Solo intentaba ayudar.

—Y lo hiciste —dijo Abigail—. Sin embargo, tendremos que trabajar en las formas. Podrías haberte roto algo.

Él asintió.

—Haré lo que me pidáis.

—Parece que te estás tomando muy en serio todo este asunto del entrenamiento —dije, y lo decía de verdad—. Sigue así y es posible que aprendas a pelear.

Él sonrió.

—Gracias, capitán.

Salimos a la luz del sol y vimos un valle interminable ante nosotros, un campo de un amarillo vibrante entrelazado con manchas verdes.

La *Estrella Renegada* había aterrizado en la parte occidental del continente más grande, a veinte kilómetros del océano. Cerca había un río de agua dulce con dos lagos grandes de los que se podía beber. Según la base de datos, allí había habido una colonia hacía medio siglo, pero ya no. Debido a una disputa fronteriza entre los sarkonianos y otro grupo, la colonia había sido desarraigada y trasladada a un mundo llamado Hexios.

Parecía que los sarkonianos todavía tenían que hacer uso de aquel lugar, pero nos servía para nuestros propósitos. La vida silvestre era segura en su mayoría, con una población de criaturas pequeñas mayor que la de las grandes, y había huertos silvestres de árboles frutales, remanentes de cuando los colonos habían vivido allí.

—¿Qué opinas? —preguntó Abigail, de pie a mi lado mientras escudriñaba el horizonte.

—No es un mal lugar —dije—. Deberían estar bien hasta que enviemos a alguien a recogerlos.

—Hablando de eso —continuó—. ¿Cuál es tu plan de rescate?

—Siggy ha sugerido un mensaje encriptado para los sarkonianos una vez que salgamos de su territorio. Dado que está claro que trabajan con la Unión, no deberían tener problemas en rescatarlos.

Ella asintió y respiró hondo. Me imaginé que debía ser una buena sensación, no estar apretujada dentro de una nave del tamaño dela mía por una vez.

—¿Hace que eches de menos la Iglesia? —pregunté.

—¿Qué quieres decir? —preguntó, girándose para mirarme.

—Amplios espacios abiertos, aire puro, los dos pies en el suelo. Parece una alternativa mejor que la de vivir en la *Estrella*.

—No me estoy quejando. Para nada. Lamento haberte dado esa impresión.

—No, no creía que te estuvieras quejando —le aseguré—. Me lo estaba preguntando.

—¿De verdad? —preguntó, dedicándome una sonrisa más cálida que a las que me tenía acostumbrado—. Interesante.

La expresión de su rostro hizo que me parara y me aclarara la garganta.

—Está bien, ya he visto suficiente. Volvamos.

—¿Ya? —preguntó, con un tono de decepción en la voz.

—¿Qué? ¿Querías ir a retozar en la hierba? ¿Necesitas tiempo para jugar en el barro?

Ella rio.

—¿Te parezco del tipo que retoza?

—No voy a responder eso —dije, echando a andar hacia la rampa de la bodega de carga.

Escuché unos pasos corriendo por el pasillo en la segunda cubierta, haciéndose más fuertes cada segundo.

—¡Quiero ver! —exigió una voz diminuta y ansiosa. Lex se lanzó por el compartimiento de carga con las manos levantadas y aspecto de estar entrando en pánico—. ¡Quiero ver el exterior!

—Epa —dije mientras pasaba a mi lado, casi chocando contra mi pierna. La esquivé y ella continuó hacia la rampa y hacia el campo sin frenar.

Abigail se rio cuando la vio. Apoyó las manos en las caderas cuando la niña saltó de la rejilla de metal y se metió en el barro, donde empezó a dar saltitos.

—¡Es tan bonito! —dijo Lex.

—Genial, ahora tendré que preocuparme por el barro —dije, mirando cómo se las arreglaba para mancharse de tierra húmeda los pies, las rodillas y las caderas, todo en cuestión de segundos.

Abigail se rio y, durante unos segundos, pareció casi natural en ella.

Supuse que era agradable ver a la niña divertirse para variar. Después de todo lo que había pasado, tal vez jugar en el barro no fuera tanto pedir.

—Señor. —La voz de Sigmond sonó en mi oído, sorprendiéndome.

—¿Va todo bien, Siggy? ¿Has visto algo en los escaneos? —Le había pedido que continuara rastreando el planeta para buscar cualquier cosa que Docker y Alphonse pudieran encontrar que les proporcionara una vía de escape. No podía permitir que tropezaran por accidente con una lanzadera perdida o un dispositivo de comunicación. Tenían que quedarse allí hasta que nos hubiéramos ido.

—No del todo, señor. Al contrario, los escaneos han revelado muy poco —explicó—. Sin embargo, estoy detectando otra abertura del túnel de deslizamiento. Parece ser el mismo túnel que hemos usado.

—¿Nos ha seguido alguien hasta aquí? —pregunté.

—Todavía no está claro.

Volví a mirar a Abigail y Lex.

—Eh, vosotras dos. Volved a la nave.

—Jo —gimió Lex—. ¿Ya?

—He dicho que volváis.

Ella frunció el ceño, pero hizo lo que le había ordenado y volvió corriendo a la bodega de carga, dejando un rastro de barro tras de sí.

Abigail se acercó al trote detrás de ella.

—¿Qué pasa? —preguntó mientras se acercaba a mí.

—Tenemos compañía —dije.

—¿De la Unión o sarkonianos? —ella preguntó.

—¿Importa? Sean quienes sean, tenemos que salir de aquí.

Ella asintió y se dirigió al interior sin decir una palabra más.

Golpeé el control cerca de la puerta para subir la rampa.

—Siggy, inicia la secuencia de encendido.

Vi que la puerta se cerraba, sellando el interior y ocultando la luz exterior. «Después de todo, puede que necesitemos a esos rehenes».

Capítulo 15

La nave de la Unión emergió de la grieta justo cuando la *Estrella Renegada* abandonaba la termosfera del planeta.

Al hacerlo, la claridad de nuestros sensores de largo alcance mejoró y pude encontrar la denominación exacta de la embarcación entrante.

Era el *Amanecer Galáctico* de la UFS.

—Maldita sea —dije mientras observaba cómo se cerraba la grieta detrás de la enorme nave de la muerte.

—¿Qué hacemos? —preguntó Abigail. Me había seguido a la cabina del piloto, negándose a quedarse en el salón. Aquella vez, no le vi ningún sentido a discutir.

La tensión en nuestros propulsores se redujo cuando nos alejamos de la gravedad del planeta, y dirigí la nave hacia una luna cercana.

—Esperamos —respondí al fin, intentando reducir nuestro impulso y dejarnos en punto muerto—. Mientras el campo esté activado, no debería pasarnos nada. Solo que no podemos movernos demasiado. Seguramente, una nave de ese tamaño podrá detectarnos. Tenemos que mantener las distancias.

—¿Ese es el único túnel que sale de este sistema?

—Hasta donde yo sé, sí —dije.

—Afirmativo, Abigail Pryar —respondió Sigmond.

—Solo Abigail, Sigmond —corrigió ella.

—Sí, Abigail —rectificó.

—Ya vale con tanto parloteo. Necesitamos encontrar una solución. Mejor aún, tenemos que averiguar cómo nos están rastreando esos malnacidos.

—¿Crees que nuestros rehenes tienen algún tipo de transmisor? —preguntó Abigail.

Giré la cabeza para mirarla. Era la primera vez que esa idea entraba en mi cerebro, y me sentí como un idiota por ello.

—¿Puedes ir a preguntárselo?

—¿Ahora? —preguntó—. ¿No estamos un poco ocupados?

—Parece el mejor momento, ¿no crees? Si tienen un transmisor, tenemos que deshacernos de él antes de volver a saltar.

—Yo supervisaré el cacheo —dijo Sigmond—. Ya escaneé a los soldados, pero quizás un análisis más detallado resulte beneficioso.

—¿No tienes que ayudar a Jace? —preguntó Abigail.

—Puedo encargarme de ambas cosas de forma simultánea.

Asentí.

—Es multitarea.

—De acuerdo, me voy —dijo, levantándose—. Intenta que no nos maten, capitán, si no te importa.

Esperé a que se fuera.

—No prometo nada —murmuré mientras observaba al enorme carguero acorazado de la Unión en mi pantalla holográfica.

El *Amanecer Galáctico* había llegado por el túnel de deslizamiento y no se había movido. Si no hubiera sabido lo que sabía, podría haber creído que estaba abandonado.

«Ojalá tuviera tanta suerte», pensé, tratando de imaginar un escenario durante el viaje espacial en el que toda la tripulación de treinta mil personas pudiera haber evacuado la nave. Lástima que eso nunca fuera a suceder, dados los peligros que implicaría. Por ejemplo, desviarse del rumbo en medio de un túnel podría resultar en que una nave golpeara las paredes circundantes, lo que casi siempre resultaba en la desintegración de cualquier materia con la que entrara en contacto.

No, había gente en esa nave. Decenas de miles, todos siguiendo las órdenes de un hombre llamado general Marcus Brigham. Se le había encomendado la tarea de cazarnos a mí y a mi tripulación, todo para que la Unión pudiera diseccionar a la niñita de rostro pálido que estaba sentada en mi salón.

Eran todos unos desgraciados, yendo a por una niña como ella. Mataría hasta al último de ellos si tenía que hacerlo antes que dejar que la tocaran.

Bonificación especial si eso significaba salvar mi propio pellejo en el proceso.

Mis ojos se detuvieron en la imagen holográfica de la nave y me pregunté qué estaría pensando el hombre a cargo. ¿Había aceptado aquel encargo porque creía en la Unión? ¿Acaso le parecía que secuestrar y diseccionar a una niña era lo más correcto?

—Señor, estamos recibiendo una transmisión —dijo Sigmond, casi como una respuesta a mis pensamientos.

—Escuchémosla —dije, inclinándome hacia delante con los brazos sobre las rodillas.

El altavoz hizo clic unas cuantas veces, a lo cual siguió un momento de silencio, y luego...

—Al habla el general Marcus Brigham del *Amanecer Galáctico* saludando al capitán Jace Hughes de la *Estrella Renegada*. Respondan.

El sonido de mi propio nombre me hizo pensar. Era extraño escuchar al anciano pronunciarlo, casi inquietante.

—Repito, al habla el general Brigham, hablando directamente con Jace Hughes —continuó la voz—. Capitán, le conviene entregarse junto con el cargamento robado que tiene en su poder. Le aseguro que, si coopera conmigo, puedo reducir su sentencia. Tiene una hora para responder a esta solicitud, después de la cual no tendré más remedio que usar la fuerza. Esto no tiene por qué ser difícil, capitán Hughes.

Sonreí.

—Difícil, dice. Esa es una forma educada de decir que no quiere perseguirme o pelear conmigo, solo quiere que me rinda ahora y le ahorre los problemas. Una gran oferta.

—Señor —comenzó Sigmond—. Quizás le interese saber que la señal del *Amanecer Galáctico* se está enviando a una sección específica del sistema.

—¿Qué quieres decir? —pregunté.

—La transmisión, señor. Está siendo enviada directamente a nuestra ubicación actual.

—Eso no puede ser. ¿Estás seguro de que no la están enviando solo a un área? Podrían estar haciéndolo para ver cuánto tardamos en responder, lo que reduciría la búsqueda.

—No, señor —respondió—. La transmisión apunta a nuestra posición exacta. Es decir, dentro de un radio de cien kilómetros.

—Dioses... —Sentí que se me revolvía el estómago—. La única forma de que pueden hacerlo es saber dónde estamos, pero eso solo es posible si pueden rastrearnos. Eso significaría...

Y luego me di cuenta, como si una bolsa de mierda hubiera caído del cielo y me hubiera dado en la cara. De repente supe por qué, sin importar lo lejos que nos moviéramos, sin importar cuántos túneles cruzáramos, la Unión siempre nos pisaba los talones, nunca disminuía la velocidad. Todo tenía tanto sentido que no podía creer que no se me hubiera ocurrido pensarlo antes.

—El campo —dije al final—. ¡Todo este tiempo, han estado usando nuestro puñetero campo!

Hice que Sigmond permaneciera en espera mientras yo me pegaba una carrera por la nave. Pasé junto a Hitchens y Freddie en el salón mientras corría hacia la bodega de carga. Si alguien podía decirme lo que quería saber, serían los dos invitados que habíamos encerrado en nuestra celda improvisada.

—¡Abre la pared! —grité cuando llegué al nivel superior de la bodega.

Abigail seguía allí, rifle en mano.

—Ya los he registrado, pero no tenían transmisores.

—No estoy aquí por eso —dije, bajando las escaleras. Corrí hacia la pared de la celda cuando comenzó a deslizarse hacia arriba.

—¿Y por qué has venido? ¿Has descubierto algo más? —preguntó.

Saqué la pistola.

—Un paso atrás.

Alphonse y Docker estaban dentro, de espaldas a la pared. Se encogieron como un par de demonios de otro mundo cuando la luz de la bodega de carga los iluminó.

—¿Hay algo que podamos hacer por usted, capitán? —preguntó Alphonse, protegiéndose los ojos con la mano.

Levanté la pistola y apunté directamente a la frente de Docker.

—¡Puedes decirme cómo narices está rastreando Brigham mi capa! —miré a Alphonse—. Desata a este idiota.

Él se acercó a Docker despacio y le quitó la mordaza que llevaba en la boca.

Docker negó con la cabeza una vez que pudo hablar.

—No sé nada.

—Mentiroso —dije, sintiendo un cosquilleo en el dedo del gatillo—. Dime la verdad o empezaré a disparar. ¿Crees que me importa una mierda mantenerte con vida, Docker? Intentaste escapar y herir a mi tripulación. Si no empiezas a darme información, no vales nada para mí.

Docker se agachó y se escondió detrás de sus brazos.

—¡De verdad que no lo sé! ¡No me dispares, por favor!

Alphonse se quedó allí, mirándonos a los dos.

—Están aquí, ¿no? —preguntó.

—¿Qué? —dije.

—La Unión —explicó—. Por fin han aparecido, ¿no es así?

Tenía que admitir su mérito. Se había dado prisa en sumar dos más dos. Al menos era más inteligente que Docker.

—Lo han hecho, y la única forma de que sobrevivamos, incluidos vosotros, es si averiguo cómo nos han encontrado —dije.

—¿Qué le hace pensar que lo sabemos? —preguntó Alphonse.

—A lo mejor no lo sabes, pero algo me dice que no quieres morir en esta celda.

Alphonse asintió lentamente.

—Lo único que quieren es la niña, ¿verdad? ¿Por qué no la entregan? ¿No es ese el movimiento más seguro?

—¿Por qué iba a plantearme hacer eso? ¿Crees que soy tan desalmado?

Se encogió de hombros.

—Es un renegado, ¿verdad? ¿No es eso parte de la descripción de su trabajo? Trabaja por dinero, no por personas.

—Ser un renegado no es solo cuestión de dinero —dije.

—¿No? Entonces, ¿de qué es cuestión?

—De lo que quieras que sea. En este momento es cuestión de seguir con vida y lejos de la prisión de la Unión, y de proteger a las personas de esta nave. Así que será mejor que uno de vosotros empiece a decirme exactamente cómo me está siguiendo Brigham. Si de verdad es por el campo de invisibilidad, entonces quiero saberlo.

El alférez me miró con una expresión extraña, como si estuviera decidiendo algo. Quizás reflexionaba sobre si lo mataría o no si no me daba lo que quería. Tal vez solo se estuviera preguntando si de verdad sacrificaría mi nave para salvar a una niña pequeña.

—Solo soy un alférez —dijo al final—. No lo sé todo, pero le diré lo que pueda. Ha preguntado por el campo y la respuesta es que sí. Eso es lo que están usando para rastrearle. Si deja de usarlo, ya no tendrán ninguna señal que seguir.

—Lo sabía —dije, mirando de nuevo a Docker—. Me has mentido, sabandija escuálida.

—Él no lo sabía —dijo Alphonse—. Estaba diciendo la verdad.

—¡Es cierto! —afirmó Docker.

—¿Cómo puede un alférez saber más que tú, Docker? Eso no tiene ningún sentido.

—Soy un oficial de comando —dijo Alphonse—. La información está compartimentada. No lo sabe porque no tiene por qué saberlo.

Moví el arma y apunté a Alphonse.

—En ese caso, dime lo que sepas sobre el campo y hazlo rápido.

—Le compró ese campo de invisibilidad a un comerciante del mercado negro, ¿verdad?

—Claro —dije, pensando en el recientemente fallecido Fratley.

—Y cuando lo compró, ¿dónde dijo el comerciante que lo había encontrado?

—En territorio de la Unión, pero no conozco los detalles —dije.

—Bueno, deje que rellene los vacíos —dijo Alphonse—. La tecnología de encubrimiento moderna se desarrolló por primera vez en el trigésimo segundo centro de investigación de la Unión, también conocido como TRUST. —Miró a Abigail detrás de mí—. Su amiga lo sabe todo sobre ese lugar. Es donde secuestró a la niña.

Abigail se acercó a mí.

—Ten cuidado —advirtió.

—Lo siento —dijo, y la disculpa parecía genuina—. Como decía, TRUST desarrolló la tecnología de camuflaje y, desde entonces, solo las naves de la Unión pueden utilizarla. Los sarkonianos lograron hacerse con algunos campos hace unas décadas, por lo que tienen un puñado de naves equipadas con ellos, pero todos han sido modificados con una frecuencia personalizada por el gobierno sarkoniano. La mayoría también están desactualizados, ya que esa gente en realidad no innova tanto como roba y modifica.

—Ve al grano —le dije sin dejar de apuntarle con el arma.

—Esta nave, su *Estrella Renegada*, está equipada con un campo bastante avanzado. Eso debería ser una pista de que no proviene de los sarkonianos.

—Ya sé que es de una nave de la Unión —dije.

—Bien —respondió—. Entonces, sabiendo eso, ¿a qué conclusión llega?

No me gustaba este juego, en el que él me guiaba y yo intentaba juntar las piezas. Sin embargo, no podía negar sus sutiles afirmaciones, ahora que empezaba a entenderlo.

—Estás diciendo que, como mi campo vino de la Unión, pueden rastrearme.

—¡Muy bien, capitán! —Había una emoción genuina en su voz—. Lo ha descubierto. Sí, el campo que tiene en su poder fue una vez parte de una nave de la Unión, como ha dicho, lo que significa que se puede rastrear. Así es como le ha estado siguiendo el general Brigham desde que empezó a huir.

—Si eso es cierto, ¿por qué la Unión no me ha perseguido antes? He estado usando este campo durante meses.

Él se rio entre dientes.

—¿De qué les serviría eso? ¿Qué ganarían?

—Es tecnología robada. ¿Por qué no iban a quererla de vuelta?

—Capitán, hay cosas más importantes que el robo y la readquisición de un único campo. Si nunca hubiera transportado a la monja y a la niña, puedo asegurarle que nada de esto habría sucedido.

—¿Qué hago para que no puedan rastrearnos?

Se encogió de hombros.

—Lo siento, pero no soy ingeniero. De verdad que no lo sé, solo puedo sugerir que deje de usarlo.

—Si hacemos eso, es mejor que nos rindamos ahora mismo, lo cual no va a pasar. La única forma de sobrevivir a esto es escapar, así que será mejor que pienses en algo si quieres salir vivo de aquí.

—Por mucho que valore la autoconservación, me temo que de verdad no tengo ni idea. Créame, capitán, no siento ninguna lealtad hacia la Unión. Solo trabajo para ellos.

Algo me dijo que eso era solo una verdad a medias.

—Déjate mierdas y dime quién eres.

—Ya lo he hecho. Mi nombre es Alphonse. Ya lo sabe.

—No sé nada —dije.

Esbozó una pequeña sonrisa.

—En eso sí que tiene razón, capitán.

CAPÍTULO 16

—¿CUÁL ES EL plan? —preguntó Abigail una vez que volvimos a encerrar a los prisioneros.

Caminé a toda velocidad hacia las escaleras. Había poco tiempo que perder ahora que me habían confirmado lo del campo de invisibilidad. Tendría que encontrar una forma de rodear la nave de Brigham sin mi capacidad para esconderme. No iba a ser una huida fácil.

—Sigo trabajando en ello —dije, deteniéndome en la entrada de la bodega de carga. Hice una pausa para mirarla y ella casi chocó contra mí—. ¿Qué estás haciendo?

—Voy contigo, obviamente.

—No tengo tiempo para entretenerte —le dije—. Necesito llegar al puente y pensar en cómo...

—Lo haremos juntos —me interrumpió—. Te ayudaré a resolverlo, Jace.

El comunicador que llevaba en la oreja hizo clic.

—Señor, el *Amanecer Galáctico* está en movimiento. ¿Cuáles son sus órdenes?

¿Había pasado ya una hora? No, eso no era posible. Solo había estado allí veinte minutos como máximo.

Me toqué la oreja.

—¿Qué quieres decir con «en movimiento»? ¿Hacia dónde se mueve?

—Hacia aquí, señor —respondió Sigmond—. Han establecido una ruta directa hacia nuestra ubicación.

—Supongo que eso confirma que pueden vernos —dije.

—Entonces tenemos que encontrar una manera de evitarlos —dijo Abigail—. Sin el campo, por supuesto.

—No sé si eso es posible —respondí.

Corrimos por el pasillo y volvimos al puente para sentarnos luego a toda prisa. Mientras me abrochaba el cinturón, escuché a alguien gritar desde el salón.

—¿Qué pasa?

Parecía Hitchens.

—Dios mío. ¿Nos están atacando?

Definitivamente era Hitchens.

—¿Cómo lo hacemos, Jace? —preguntó Abigail.

El holo mostró al *Amanecer Galáctico* mientras avanzaba en nuestra dirección. Solo tenía unos segundos para pensar en cómo salir de aquella, y no tendría ningún campo que me respaldara. Había confiado en él durante tanto tiempo que prescindir de su ayuda parecía retroceder.

—¿Jace? —repitió Abigail. Me agarró por el hombro.— ¡Oye! ¿Me estás escuchando?

Examiné la disposición de aquel sistema y las posiciones de las dos naves, la nuestra y la de Brigham. Había suficiente espacio entre nosotros para que nos pegáramos una buena carrera, pero todo se reduciría a la ubicación del túnel de deslizamiento.

—Sí, te escucho —le dije a Abigail—. Y lo tengo controlado.

Con un movimiento del dedo, activé los motores de la nave para alejarnos de la luna. Dejé caer el campo justo cuando salimos de la órbita y establecimos el rumbo hacia el planeta más cercano.

—Siggy, ¿dónde está el próximo túnel de deslizamiento, sin incluir el que hemos usado para llegar aquí?

—Dos millones de kilómetros más allá del planetoide más lejano de este sistema. ¿Debo trazar el rumbo?

—¿Cuánto tiempo se tarda en llegar?

—Aproximadamente diez minutos.

—¿Crees que tenemos posibilidades de salir con vida de esto?

—Aproximadamente un cincuenta y dos por ciento, señor.

Tomé aire. «Tengo que aprender a dejar de preguntarle eso».

El *Amanecer Galáctico* avanzó hacia nosotros, incluso mientras nos dirigíamos hacia el otro lado del planeta. Podía sentir la ansiedad de Abigail aumentando. Ella era dura, lo sabía, pero una de las naves insignia de la Unión se estaba acercando a nosotros. Incluso yo tenía el estómago revuelto.

Cuando la tensión estaba en su punto más álgido, Abigail por fin abrió la boca:

—De verdad espero que sepas lo que estás haciendo, Jace. De lo contrario, estamos todos muertos.

—Tú limítate a mirar —dije, señalando con la cabeza hacia la bola gigante de plasma a medida que nos acercábamos—. Esa estrella es nuestro billete para salir de aquí.

Mientras el *Amanecer Galáctico* continuaba su persecución, se acercó a una distancia orbital cercana al gigante gaseoso. Me aseguré de permanecer exactamente en el lado opuesto en todo momento, rotando con él.

Empujé los mandos hacia delante, para acercarnos al planeta en un ángulo de noventa grados en relación con el *Amanecer Galáctico*. Si se mirara el planeta desde el centro, habría parecido que lo habíamos cortado por la mitad, subiendo desde abajo, mientras que el *Amanecer Galáctico* continuaba su persecución de izquierda a derecha.

Eso era lo mejor de los viajes espaciales. Todas las direcciones eran hacia delante, dependiendo de la perspectiva.

En este caso, lo que parecía ser el fondo del gigante gaseoso para el general Brigham era simplemente otra ruta hacia la libertad para mí.

Por sí solo, eso no nos salvaría, lo sabía, pero era un buen comienzo.

—El *Amanecer Galáctico* está desplegando cazas —anunció Sigmond—. Estimo que más de doscientos se dirigen hacia nuestra posición.

Cuando nos liberamos de la gravedad del planeta, puse rumbo hacia el segundo túnel.

—¿Por qué vas tan lejos? —preguntó Abigail cuando vio lo que estaba haciendo—. ¿Por qué no marcharnos por el mismo sitio por el que hemos entrado?

—Si Brigham nos ha seguido hasta aquí, es probable que haya refuerzos esperando al otro lado. Necesitamos otra ruta si no queremos morir en el mismo instante en que salgamos del desliespacio.

—¿Cómo sabes que ha dejado refuerzos? —preguntó.

—Porque —continué—eso es lo que haría yo si fuera él.

Los cazas del *Amanecer Galáctico* aparecieron en el radar, iluminándolo como una plaga de insectos. Nunca había visto tantos en toda mi vida, pero sabía que no importaría. Lo único que tenía que hacer era adelantarlos hasta llegar al túnel de deslizamiento.

—Señor, los combatientes de la Unión se acercan —informó Sigmond.

—Ya los veo, amigo —dije, detectando lo que parecían ser quince puntos parpadeantes que se acercaban a nuestra ubicación.

Escaneé el sistema en busca de un sitio donde resguardarnos, pero no había mucha cosa de utilidad. Estaba claro que el campo no era una opción, lo que significaba que tendría que jugar a aquello a la antigua.

Dirigí la *Estrella* hacia el cúmulo de asteroides más cercano.

—Es hora de jugar al escondite.

Abigail giró con brusquedad para mirarme.

—Espera un segundo. ¡No podemos entrar ahí como si nada!

Sonreí.

—Ten un poco de fe, Abby. Al fin y al cabo, eres monja.

—¡Exmonja! —gritó.

Una docena de cazas se aproximaba a nosotros cuando llegamos al cúmulo de asteroides. Al acercarnos al primer grupo de rocas, sonó una alarma en el tablero.

—Las naves enemigas están a distancia de tiro, señor.

La cabina experimentó una rápida sacudida cuando recibimos una explosión por detrás.

—¡Vamos! —grité, agarrando los controles con ambas manos y conduciendo entre dos rocas del tamaño de una luna.

Las naves de nuestra retaguardia nos siguieron de cerca, moviéndose deprisa para mantener el ritmo. El escudo alrededor de la *Estrella* desvió algunos escombros ligeros cuando nos situamos debajo de una de las rocas.

Los demás continuaron la persecución, manteniendo la velocidad.

Detecté una sección más densa en el campo de asteroides.

—Agárrate fuerte —le dije a Abigail—. Siggy, suelta las minas a mi señal.

—Entendido.

Había tres rocas tan juntas que casi creaban un túnel entre ellas, así que me dirigí hacia ahí y entré por la brecha.

—¡Ahora! —chillé.

Seis pequeñas minas despegaron desde la base de nuestra nave. Se activaron tres segundos después y flotaron en el espacio vacío entre las piedras.

Las naves de ataque nos siguieron. Mientras lo hacían, las minas se activaron creando una explosión que desintegró la primera embarcación, pero envió a las cinco siguientes contra las rocas.

Escapamos por la estrecha abertura un segundo después, de vuelta a una zona más amplia del campo de asteroides.

—Seis naves hundidas —informó Siggy.

Las naves restantes continuaron con la persecución, disparando y destruyendo el escudo trasero de la *Estrella*. Sentí el estallido cuando los disparos impactaron en el casco. La cabina volvió a sufrir una sacudida que envió al pequeño cabezón Foxy Stardust por los aires.

—¡Mierda! —grité, agarrando el juguete antes de que se estrellara.

—¿Nos han dado? —preguntó Abigail, con la voz impregnada de pánico.

—Casi pierdo a Foxy —gruñí, luego planté el juguete en el tablero—. Así. Ahora ya está todo bien.

—¡Jace! —espetó la exmonja—. Intenta concentrarte.

Nos alcanzó otro disparo y una luz roja de advertencia se encendió, informándome de que, si no perdía a aquellos tipos pronto, la situación sería muy seria.

Dirigí la *Estrella* hacia uno de los asteroides más grandes, acercándome tanto a la roca que penetró en mi escudo y activó una alarma de proximidad.

Las otras naves me siguieron e intentaron mantener el ritmo.

—Prepárate para tomar los controles de vuelo, Siggy —dije mientras rodeábamos el asteroide en un ángulo perpendicular.

—Estableceré un rumbo directo hacia el túnel de deslizamiento —respondió.

Tres naves nos pisaban los talones.

—Vamos allá, entonces —murmuré, viendo un gran grupo de rocas delante de nosotros. Apreté la palanca de control y miré a Abigail—. ¡Agárrate fuerte!

Abigail abrió los ojos como platos al ver lo que se avecinaba.

—¿Qué...?

Tiré de la palanca hacia atrás, haciendo girar la nave para colocarnos en un ángulo perfecto entre la pared inicial de piedras flotantes. En cuanto atravesamos la primera capa, llevé la nave directamente hacia arriba con un giro brusco, tomando la ruta más despejada posible para salir del campo.

Las otras naves intentaron no perdernos y evitar los asteroides, pero lo único que hizo falta para acabar con eso fue un único error, cometido por el primer piloto cuando su ala se dio de bruces con una de las rocas. La colisión desestabilizó su trayectoria de vuelo y lo envió en una espiral descontrolada, creando un efecto de cadena con las otras naves que las desvió a todas de su curso. Solo una logró salir de allí, a pesar de algunos daños en la parte delantera.

Revisé el escáner y encontré una serie de puntos que seguían detrás de nosotros, pero estaban lo suficientemente atrás como para que no llegaran a alcanzarnos nunca. Solo el caza restante estaba lo bastante cerca como para justificar cierta preocupación. Ahora que habíamos salido del campo de asteroides, no tendría más remedio que eliminarlo yo mismo.

—¿Ya casi hemos llegado? —preguntó Abigail, que se agarraba a los reposabrazos del asiento.

Le guiñé un ojo y luego apagué los motores, lo que nos hizo dar una vuelta completa de ciento ochenta grados. Seguimos volando, solo que ahora estábamos de espaldas, de cara a la nave enemiga, que cada vez estaba más cerca.

Con los pulgares en los gatillos de los cañones cuádruples, observé cómo la nave de ataque de la Unión se acercaba hasta estar a distancia de disparo.

—Advertencia —anunció Sigmond—. La nave enemiga se está acercando.

La nave no tardó en dispararnos. La mayoría de tiros fallaron, pero alguno consiguió rozar el casco. Sentí temblar mi asiento. «Casi hemos llegado», pensé mientras esperaba, con la esperanza de que aquello valiera la pena.

Al fin, el holo me dio luz verde, alineando el mejor disparo posible, y apreté el gatillo.

La explosión impactó en la nave de ataque directamente en la cabina, atravesó el casco como un cuchillo cortando papel, y explotó de dentro hacia fuera.

—¡Te tengo! —grité, sintiendo que la adrenalina corría por mis venas.

Un indicador lumínico parpadeó, haciéndome saber que otra tanda de naves de ataque se acercaba rápidamente.

—Si has terminado de divertirte... —dijo Abigail, señalando el radar.

—De acuerdo —dije, luego hice girar la nave y encendí los motores—. ¡Siggy, inicia la secuencia para entrar en el desliespacio y abre ese túnel!

—Procesando —dijo la IA—. Abriendo el túnel de deslizamiento en cinco segundos.

—Capitán Jace Hughes —dijo una voz profunda por el comunicador—. Al habla el general Brigham. Sé que está recibiendo este mensaje. Le imploro que responda.

Apreté los dientes.

—Siggy, abre el canal.

—Listo cuando usted lo esté, señor.

—Brigham, al habla el capitán Hughes de la *Estrella Renegada*. Será mejor que des la vuelta y te vayas a casa porque nunca conseguirás lo que buscas.

Hubo una breve pausa.

—Capitán Hughes, veo que por fin ha decidido responder —dijo el general.

—He hecho más que responder, ¿no?

—Lo ha hecho, capitán. Parece que los informes que he leído sobre usted son ciertos.

—Me alegro de haberte dejado satisfecho. Probablemente ha pasado algún tiempo desde la última vez que te jodieron así de bien —le dije.

Se rio, pero sonó más forzado que genuino.

—Hughes, ¿por qué no apaga los motores y entrega a la niña? Tiene mi palabra de que lo dejaré ir.

—Es una oferta generosa —dije, mirando a Abigail, que estaba esperando a mi lado con una expresión tensa—. ¿Qué pasa con el resto de mi tripulación?

—Ellos también pueden irse, señor. Toda su tripulación, incluso la mujer que la secuestró, puede salir indemne. Lo único que queremos es a la niña. El resto es negociable.

Hice una pausa, mirando el holo del *Amanecer Galáctico*. Era una nave tan grande, tan majestuosa, como un dios comparado conmigo y con la mía. Yo no era nada para aquel hombre, solo un pedazo de mierda que tenía lo que él quería. Cualquier otro día, habría pasado por encima de mi cadáver y nunca habría vuelto a pensar en ello. No es que pudiera culparlo.

—Hay un problema con eso, si me lo permites.

—Sea lo que sea, estoy seguro de que podemos...

—La niña pequeña que quieres, la de los tatuajes y las preguntas estúpidas... Ella es tan parte de este grupo como yo, y no la voy a entregar. No a la Unión. No a los sarkonianos —se abrió una grieta en el espacio y apareció una luz verde en forma de remolino ante nosotros—, y especialmente, no a ti.

Apagué el comunicador.

—El túnel está abierto. Por favor, siga adelante —dijo Sigmond.

Metí la nave en el túnel y desaparecimos dentro.

—Espera un segundo —dijo Abigail—. ¿Dónde acaba este túnel?

La respuesta de Sigmond llegó de inmediato.

—De acuerdo con el mapa estelar, el siguiente punto de deslizamiento a lo largo de este camino es... —El holograma se transformó en un mapa del cúmulo estelar y se acercó al destino en cuestión—. El centro del espacio sarkoniano, aproximadamente a seis millones de kilómetros de Sarkon, su planeta capital.

Abigail y yo nos miramos el uno al otro justo cuando entramos en la grieta.

—Mierda —dijimos a la vez; luego volvimos a contemplar la luz verde que seguía rodeando nuestra nave.

CAPÍTULO 17

—¡MALDITA SEA, SIGGY! —grité, golpeando la zona de la consola frente a mí con el puño—. ¿Por qué no me dijiste adónde llevaba antes de que entráramos?

—Mis disculpas, señor, pero no ha preguntado —respondió Sigmond.

Fui a gritarle por segunda vez, pero me detuve y decidí contar hasta diez.

—Uno. Dos. Tres.

—¿Qué estás haciendo? —preguntó Abigail.

—Para ser sincero, estoy haciendo un gran esfuerzo para no disparar contra mi propia nave.

—Bueno, no lo hagas. Necesito que tengas la cabeza despejada para salir de esto.

—No voy a asesinar a Siggy hoy, pero no porque tú me hayas dicho que no lo haga.

Adentrarme más profundamente en el espacio sarkoniano, en especial en su mundo natal, no era algo que me sintiera ansioso por hacer. No solo era peligroso para alguien con papeles falsos como yo, sino que ya nos habíamos encontrado con sus militares y de alguna forma lo sabían todo sobre las recompensas que había por nuestras cabezas, a pesar del hecho de que la Unión y el Imperio Sarkoniano nunca habían trabajado juntos en nada con anterioridad. Para ellos, descartar décadas de rivalidad, desconfianza y animosidad solo por unas recompensas parecía más que poco realista. Era simplemente ridículo.

No, tenía que haber algo más que eso. Algo más grande que no podía ver. Tenía que resolver aquello.

—¿Adónde vas? —preguntó Abigail mientras me ponía de pie.

—A interrogar a nuestros prisioneros sobre qué esperar cuando lleguemos —expliqué—. Sabemos que la Unión y los sarkonianos están trabajando juntos, pero necesitamos averiguar por qué. Como no podemos acceder a la red galáctica dentro del desliespacio, esos dos imbéciles son nuestras únicas pistas.

—Te acompaño.

—No, quédate aquí y ayuda a Siggy a controlar el túnel —le ordené, abriendo la puerta. Salí al salón.

—¿Eso no lo hace por su cuenta? —preguntó justo cuando la puerta se cerró.

—Pues claro que sí —dije en voz baja mientras continuaba avanzando por la nave.

Nunca había estado en el corazón del espacio sarkoniano. Como la Unión, era una región que acostumbraba a evitar, si podía.

Solo me había encontrado con los sarkonianos un puñado de veces, aunque esos casos se habían disparado en las últimas semanas, gracias al error cometido en Spiketown.

Entré en la bodega de carga y bajé las escaleras.

—Abre la pared, Siggy —dije, desenfundando la pistola.

La puerta se deslizó hacia arriba, revelando a los dos prisioneros. Alphonse estaba sentado con las piernas cruzadas en el suelo, mientras que Docker permanecía en el rincón más alejado, sentado mucho más lejos, con los brazos atados y la mordaza alrededor de la boca. La luz de la bodega les dio de lleno a ambos, pero solo Docker se estremeció.

—¿Ya ha vuelto? —preguntó Alphonse.

—Quítale la mordaza a tu amigo —le ordené, señalando a Docker con mi arma.

—Sí, capitán —dijo el joven con cortesía. Le retiró el paño de la boca a Docker, pero estaba bien atado, lo que dificultaba quitarlo. Después de algunos tirones, que me di cuenta de que eran desagradables, por la expresión de Docker, Alphonse logró liberarlo y tiró la mordaza al suelo.

Docker estiró la mandíbula, se humedeció los labios agrietados y me miró con los ojos entrecerrados mientras se acercaba lo suficiente para que lo tocara más la luz exterior. Dejó escapar un gemido exasperado.

—Gracias por...

—Cállate —exigí—. Dime por qué los sarkonianos saben lo de las recompensas que se ofrecen por mí y mi tripulación. Están en una red separada. No usan la red galáctica. ¿Por qué iban a molestarse en buscarnos y entregarnos?

Arrugó la nariz.

—No sé mucho sobre eso.

—Claro que sí —le contesté—. Apuesto a que ambos sabéis mucho.

—Lo único que he visto es que los sarkonianos están trabajando con la Unión para encontrar esta nave, pero eso es todo —insistió.

—¿No sabes por qué han accedido a hacerlo?

Sacudió la cabeza.

—Ojalá lo supiera.

—¿De verdad es eso todo lo que sabes, Docker? —Amartillé la pistola y el ruido resonó por toda la bodega—. ¿Estás seguro de que no te estás olvidando algo?

—A-Acabo de decir la verdad hace un segundo, lo juro. ¡No sé nada más, lo juro por todos los dioses! —Las palabras salieron de su boca tan deprisa que pensé que podría desmayarse.

—Está bien. —No sabría decir si ese idiota tenía alguna otra información que valiera la pena sonsacarle. Por el momento, tendría que asumir que me lo había contado todo y confiar en Alphonse para el resto. Me giré y le apunté con el arma—. Tu turno, chico.

Miró el cañón.

—Ya veo.

—Empieza a hablar. Esta pistola se está volviendo pesada y preferiría dispararos a los dos que mantenerla levantada.

—Puede que no le guste lo que tengo que decir, capitán. ¿Cómo sé que no me disparará solo porque esté enfadado?

—Te necesito para mantener viva a mi gente. Si me ayudas con eso, no te haré daño —le dije—. Pero, si descubro que me la estás jugando, hasta la última célula que tengas acabará muerta.

Me evaluó durante unos segundos, con una mirada fría y carente de emoción en la cara. No sabría decir si estaba planeando un ataque sorpresa, una fuga o rememorando su telenovela favorita de lo vacía que resultaba su expresión.

—Muy bien, capitán Hughes. Le diré lo que quiere saber.

«Menudo hijo de puta», pensé, mirando esos ojos extraños.

Se aclaró la garganta.

—Docker tiene razón. Los sarkonianos están trabajando con la Unión, pero lo que no ha dicho es que no están en esto por la recompensa que ofrecen por su cabeza.

—¿Y por qué se han metido? —pregunté.

—La Unión ha ofrecido al gobierno sarkoniano una tregua que les permitiría el acceso directo al cincuenta por ciento del espacio de las Tierras Muertas sin tener que preocuparse por la interferencia de la Unión.

Consideré aquello por un momento, trazando el mapa estelar en mi cabeza. Las Tierras Muertas ocupaban una gran parte del espacio, con docenas de sistemas, todo entre las fronteras de la Unión y el Imperio Sarkoniano. La mayor parte de la región quedaba completamente fuera de la ley, lo que facilitaba que gente como yo entrara y saliera de ella. La Unión y los sarkonianos se habían contentado con dejar en paz aquella región incivilizada durante la mayor parte de dos siglos. Hasta hacía poco, por supuesto, hecho del cual había sido testigo de primera mano.

—¿Intentas decirme que la Unión y los sarkonianos están planeando apoderarse de las Tierras Muertas?

—No sé si la Unión tiene la intención de conquistar el lado de las Tierras Muertas adyacente a su frontera. La opinión dominante en este momento en Ambrosia es que controlarlo todo es demasiado trabajo. Tampoco hay suficientes recursos allí para que la expansión valga la pena. —Se cruzó de brazos—. Pero para los sarkonianos es diferente. Están restringidos a media docena de sectores y un puñado de sistemas dentro de su propio territorio. No tienen otra opción que expandirse, lo que significa que necesitan las Tierras Muertas, incluso si los mundos son remotos, caóticos y desorganizados.

—Espera un momento —dije, agitando la pistola—. ¿Estás diciendo que la Unión les permitirá expandir sus fronteras solo para capturarnos?

Él sonrió.

—Eso es exactamente lo que le estoy diciendo, capitán.

—Pero eso es una locura. Los sarkonianos son violentos y estúpidos. La Unión los odia. ¿Por qué iban a hacer un trato así?

Con los brazos aún cruzados, Alphonse abrió la palma de la mano y se inclinó hacia delante, como si me estuviera invitando a conectar los puntos.

—¿Qué tiene usted que quieran?

—Espera, ¿estás diciendo que todo es por Lex?

Asintió.

—La misma.

—¿Pero por qué soportar tantos problemas por una única niña?

—Ah, esa es la verdadera pregunta, ¿no es así? —preguntó Alphonse con una leve sonrisa—. ¿Por qué arriesgar su propia seguridad, todo para conseguir a una sola niña? Debo admitir, capitán, que tampoco tengo ni la menor idea, pero me fascina la posibilidad de saber la verdad.

Resoplé ante todo aquello. La Unión estaba dispuesta a arriesgar su propia seguridad, sus propias fronteras, solo para encontrar mi nave y a la pequeña albina.

—Sabes demasiado para ser un alférez —le dije, mirando su insignia de rango, una sola barra amarilla en su cuello.

—¿Yo? —preguntó, sin ocultar su diversión—. Supongo que es cierto.

Di un paso atrás y bajé el arma. Me toqué la oreja y dije:

—Cierra la puerta. Ya he terminado aquí.

—Sí, señor —dijo Sigmond, y la pared comenzó a deslizarse hacia abajo.

—Hasta la próxima, capitán Hughes —se despidió Alphonse—. Por favor, intente no morir.

Los reuní a todos en el salón. Freddie, Abigail, Hitchens y Octavia. Mientras tanto, Siggy logró distraer a Lex con un juego en su habitación. Ella no tenía por qué escuchar nada de aquello.

—Por favor, dime que tienes un plan —me pidió Abigail.

—¿Los prisioneros te han dado alguna información? —preguntó Octavia.

Asentí.

—No son buenas noticias, en caso de que os lo estéis preguntando.

—Por supuesto que no —dijo Abigail—. ¿Por qué deberíamos esperar lo contrario?

—Básicamente —continué, ignorando el descaro de la monja—, la Unión ha hecho un trato con los sarkonianos por nuestras cabezas. Si nos entregan a Brigham, podrán invadir las Tierras Muertas, sin oposición.

Hitchens se quedó boquiabierto.

—¿E-estás hablando en serio?

—Eso parece demasiado exagerado solo para capturarnos —dijo Freddie, quien parecía igual de sorprendido.

Abigail se llevó los dedos al puente de la nariz y cerró los ojos.

—Dioses.

—Yo tampoco lo creía al principio —dije.

—¿Estás seguro de que la información es fiable? —preguntó Freddie.

—No, no lo estoy, pero Alphonse tenía razón sobre el campo, así que tal vez esté diciendo la verdad.

—Me cuesta creer que hayan llegado tan lejos solo para detenernos y capturar a Lex. —Freddie negó con la cabeza—. Todo esto por una niña que nunca ha hecho nada malo.

Miré a Octavia, que, sentada en su silla de ruedas, guardaba silencio. Parecía estar perdida en sus pensamientos, sus ojos vagaron por el suelo hasta la base de la pared.

—¿Tienes algo que añadir, Octavia?

Ella parpadeó y luego me miró.

—¿Eh? Oh, lo siento, capitán. Estaba pensando...

—¿En qué? —pregunté.

Se acarició la muñeca con el dedo índice durante varios segundos, como si estuviera tratando de ordenar sus pensamientos.

—Creo que el alférez estaba diciendo la verdad.

—¿En serio? —pregunté—. ¿Es que tienes una corazonada al respecto?

—Es mucho más que eso —explicó—. ¿Recuerdas la información que compartí con vosotros sobre la biología de Lex?

—Claro —dije, mirando a Abigail—. Algo sobre la curación rápida y una replicación celular perfecta.

—Te acercas bastante. He estado ocupada trabajando en eso.

Abigail se puso rígida.

—¿Has encontrado algo más?

—Ya sabemos que las células de su cuerpo son perfectas. Llevan a cabo las tareas con una eficiencia óptima, sin deterioro, de ahí su increíble curación y la ausencia de cicatrices. Sin embargo, tal cosa es imposible en la naturaleza, al menos tal como la conocemos. No estaba segura al principio, pero debe de ser artificial. No sé cómo, pero alguien encontró la manera de crear un ser humano genéticamente perfecto.

Hizo una pausa, tal vez esperando que alguien hablara, pero estábamos tan absortos en lo que decía que ninguno de nosotros sintió tal necesidad. Todos nuestros ojos estaban puestos en Octavia.

—No he encontrado rastro de ninguna modificación, incluso después de hacerle pruebas varias veces y de biopsiar sus células en repetidas ocasiones. Gracias al equipo que conseguimos la estación médica, por fin puedo afirmar que no hay señales de ingeniería postnatal. Con eso quiero decir que no creo que la Unión modificara nunca la secuenciación de su ADN o el comportamiento celular una vez que salió del útero. Creo que nació así.

—Pero acabas de decir que los cambios no eran naturales —dijo Freddie.

—Correcto —confirmó—. Creo que esto se lo hicieron en el útero o cuando era un simple embrión. No tengo forma de saberlo, no sin un laboratorio completo y personal a mi disposición, pero esa es mi teoría actual, dada la tecnología a nuestra disposición. Podría estar completamente equivocada y tal vez la Unión sí que le hizo esto de verdad, pero considerando los informes sobre cómo fue encontrada, es lógico que sus orígenes estén en otra parte, en algún lugar fuera del control de la Unión. La encontraron en un planeta marginal, en una aldea insignificante. Llegó allí en una pequeña cápsula de diseño desconocido. Esa es la historia que hemos oído. Es lo que dice el informe. No tenemos forma de aclarar las cosas ni aunque quisiéramos, pero si todo es cierto, entonces en algún lugar de la galaxia, la verdadera ascendencia de Lex está esperando, ya sea alguna organización o individuo desconocido. ¿Quién sabe dónde están o por qué lo hicieron? Pero estoy firmemente convencida de que aún no se ha encontrado a los responsables.

—Todo esto suena bastante atroz —dije—. Estás diciendo que a Lex la hicieron en un laboratorio, pero que no lo sabes con certeza y no sabes cuándo, por qué ni quién lo hizo. ¿Es así?

Ella asintió.

—Me resulta difícil saberlo a ciencia cierta, como he dicho, y no soy ninguna experta en biología humana. Estudié seis años en la escuela de medicina, pero había personas que llevaban toda una vida en esas instalaciones de la Unión que trabajaron incansablemente con el mejor equipo disponible, y sospecho que tampoco lo entendieron del todo.

—Pero por eso la quieren de vuelta —dijo Abigail—. Saben que ella es especial. No son solo los tatuajes y la forma en que interfiere con los antiguos artefactos de la Tierra. Lo que buscan es toda su biología.

—Es única —coincidió Octavia—. Y eso es lo que la hace peligrosa.

Resoplé, burlón.

—¿Peligrosa? Es solo una niña.

—Imaginaos un ejército, todo un ejército, con capacidades curativas —advirtió—. Imaginaos las implicaciones de que la Unión pudiera convertir en arma ese tipo de ingeniería genética.

—Prefiero no imaginarlo en absoluto —dijo Freddie.

—Peor aún —dijo Hitchens—. Los artefactos que he recogido solo se pueden poner en funcionamiento con las marcas de la niña. Si de verdad hay una colección más sofisticada en la Tierra, es posible que nos encontremos ante un nuevo arsenal de armas potencialmente devastador, uno como esta galaxia no ha visto en milenios. —Se tocó la barbilla—. Con lo avanzada que se dice que era la Tierra antigua, su armamento podría estar más allá de nuestro entendimiento.

Octavia bajó la mirada al suelo.

—La potencia militar más fuerte de la galaxia podría convertirse en la única potencia militar. Su conquista sería de proporciones catastróficas.

—Si todo eso es cierto —murmuró Freddie—, entonces no es de extrañar que estén dispuestos a permitir que los sarkonianos invadan las Tierras Muertas. Si tienen a Lex y la Tierra, ¿qué importan algunos sistemas más?

—Como mínimo —continuó Octavia—, esto confirma lo que sospechábamos. La Unión hará cualquier cosa para recuperar lo que nos llevamos, cueste lo que cueste.

Sabía que lo que estaba escuchando era una locura, pero también tenía cierto sentido. La Unión había enviado a su nave más potente tras nosotros, con un general experimentado al timón y cientos de naves de ataque. Habían hecho un trato con los sarkonianos, de entre todas las personas, solo por la oportunidad de volver a tener a Lex. No había otra razón para hacer esas cosas y correr tantos riesgos a menos que el fin justificara los medios. Era la mierda más loca que había escuchado en toda mi vida, pero era real y estaba sucediendo... y yo estaba atrapado de lleno en el centro de todo aquello.

—No importa —dije, pasando el pulgar por la trabilla del cinturón—. Esa niña no va a ir a ninguna parte, excepto con nosotros.

Octavia asintió.

—Una declaración con la que todos estamos de acuerdo.

—Capitán, si se me permite el atrevimiento —dijo Hitchens, aclarándose la garganta—. ¿Cuál es tu plan de ahora en adelante? ¿Tienes uno ya?

Eché un vistazo por la ventana y miré fijamente el resplandor verde del túnel deslizante.

—Te lo haré saber tan pronto como tenga uno, Doc. Por ahora, preocupémonos de adelantarnos a todas las personas que intentan matarnos.

Doc tragó saliva.

—Oh, cielos —dijo.

Capítulo 18

Siggy escaneó el sistema en el preciso instante en que se abrió el túnel. Antes de que se cerrara, tenía un informe que incluía el número de planetoides, así como un análisis detallado del planeta capital de los sarkonianos, Sarkon. Y lo que era más importante aún, había hecho un recuento de todas las naves del sistema, la mayoría de ellas militares.

—Esto no tiene buena pinta —dijo Abigail mientras la información empezaba a llegarnos por el holo.

No es que pudiera contradecirla. Esperaba que hubiera docenas, tal vez incluso cientos, de naves sarkonianas volando por Sarkon y sus alrededores, pero nunca creí que veríamos a la flota esperando al otro extremo de este túnel. Había supuesto que estarían cerca de la frontera, asaltando colonias o chocando con asaltantes vecinos, no esperando allí en soledad... y todo por nosotros.

No, no esperando. No podían saber que la *Estrella* aparecería, a menos que la Unión se lo hubiera dicho.

Pero si ese hubiera sido el caso, ¿no habrían acudido a encontrarse con nosotros de frente en cuanto entramos en el sistema? Tenían que estar allí por alguna otra razón, ¿verdad?

Aparté la pregunta de mi cabeza. Había preocupaciones más urgentes en aquel momento que lo que estaba haciendo la flota sarkoniana. Para empezar, teníamos a la Unión pisándonos los talones y no tardarían en llegar hasta allí. Brigham llegaría en unos minutos, trayendo consigo cientos de naves de ataque, todas con el único propósito de capturarnos.

No, espera. Tuve que recordarme que eso no era correcto. Aquel vejestorio no me perseguía a mí. Para la Unión no era más que un renegado con ganas de morir. Solo querían a la niña y harían lo que fuera necesario para recuperarla porque era un premio. Un arma que usar.

Pero solo si yo se lo permitía.

—Siggy, ¿cuántos túneles se derivan de este sistema? —pregunté, intentando concentrarme.

—Sarkon se encuentra en el centro de una gran intersección de túneles de deslizamiento. Hay ocho túneles de conexión, lo que lo convierte en uno de los puntos de deslizamiento más destacados de la región —explicó la IA.

—Esas son muchas opciones —murmuró Abigail—. ¿Cuál nos lleva a donde queremos ir?

—Si se refiere al curso trazado con anterioridad, el túnel correspondiente se encuentra al otro lado de Sarkon, más allá de la flota. Ahora muestro las coordenadas.

El holo cambió, mostrando todo el sistema y los cinco planetas, sus lunas y cualquier cosa lo bastante grande como para contar como nave. Otro punto parpadeó más allá de Sarkon, cerca del cuarto planeta, indicando nuestro nuevo destino.

—Por supuesto, tendremos que sortear esa flota —dije, suspirando—. ¿Por qué nunca me lo puedes poner fácil, Siggy?

—Mis disculpas, señor. Me esforzaré más en el futuro.

—¿Cómo esperas que solucionemos eso? —preguntó Abigail.

Me quedé pensando un segundo, sopesando las opciones. Podía lanzarme sin más, arriesgarlo todo, esperar lo mejor y tal vez sobrevivir de alguna manera. Correr y disparar me había funcionado en el pasado. Joder, había esquivado al *Amanecer Galáctico* haciendo precisamente eso, pero las naves que había allí estaban demasiado esparcidas por todo el sistema. Sería casi imposible llegar al objetivo sin luchar. Por otro lado, podría dar la vuelta, abandonar el sistema y volver a aparecer al otro lado, pero al hacerlo me arriesgaría a llamar la atención de la red de detección de largo alcance de Sarkon. De hecho, estaba bastante seguro de que me verían pronto si no se me ocurría algo.

—Tenemos que usar el campo —decidí al final—. Siggy, ¿me has oído?

—En seguida, señor.

Abigail me miró sorprendida.

—¿No dijiste que la Unión estaba usando tu campo para rastrearnos?

—Ya están de camino hacia aquí, lo que significa que no importa.

—¿Por qué? —preguntó.

—Ya saben adónde hemos ido y es imposible rastrearnos desde el interior del túnel, lo que significa que tendrán que esperar hasta que vuelvan a salir. Eso nos da unos minutos en los que podemos usar el campo de forma segura sin preocuparnos de que nos detecten, atravesar esa flota y comprar un billete para salir de esta mierda de encerrona.

—Ya veo —dijo, rumiando el plan—. Lo único que tenemos que hacer es llegar al túnel antes de que llegue el general Brigham.

—Exacto —dije, señalando el punto parpadeante en el holograma—. Tendremos que darnos prisa.

Introduje los comandos de vuelo para alejar la nave de la entrada del túnel de deslizamiento y llevarnos hacia nuestro destino.

—Espera un segundo —dijo Abigail—. ¿Y si la Unión ha enseñado a los sarkonianos a rastrear tu campo?

La pregunta me pilló por sorpresa.

—No harían eso —murmuré—. Les daría a los sarkonianos demasiado poder. Podrían usar ese conocimiento para rastrear las naves de la Unión. Piénsalo.

—Tiene sentido —dijo.

—Estaremos bien. No te preocupes. —Traté de sonar convincente, pero la verdad era que no tenía ni idea de lo que haría la Unión. Si todo lo que Alphonse me había contado era cierto, entonces podrían estar dispuestos a compartir información confidencial siempre que eso significara encontrar mi nave. Costara lo que costara, solo para conseguir la llave de la Tierra.

Tragué saliva y parpadeé un par de veces mientras nos acercábamos a la flota. El holo cambió y mostró varias de las naves sarkonianas, cada una con su respectivo emblema en el casco. La mayoría tenía uno o dos cañones cuádruples. Las embarcaciones más grandes llevaban más que eso. Si nos atrapaban en aquel momento, eso significaría el final de todo. El fin de todos nosotros.

Cuando la *Estrella Renegada* voló más cerca del planeta Sarkon, una de las naves orbitales empezó a moverse. Describió una curva hacia nosotros, en dirección al túnel que acabábamos de dejar. Dirigí la nave hacia la izquierda para apartarnos de su camino, pero eso también nos acercó a uno de los cargueros sarkonianos, una enorme embarcación de transporte al menos setenta y cinco veces mayor que la mía. Desaceleré, reduje nuestro impulso y dejé que la nave que partía nos pasara antes de devolver a la *Estrella* a su rumbo anterior.

Respiré cuando estuvimos de nuevo encaminados y nos alejamos de la flota.

«Todavía nada», pensé mientras seguía vigilando los movimientos de las otras naves a través del monitor. Ninguna de ellas parecía haberse percatado de nuestra presencia mientras avanzábamos por el sistema. Tuve que mantener los propulsores al mínimo, lo cual duplicaría el tiempo de rastreo. Era un sacrificio necesario, ya que una gran explosión de calor podría revelar nuestra posición. Incluso con un campo, seguía siendo necesario tener cuidado con lo que hacía.

Tardamos unos diez minutos en llegar a la entrada del túnel. Solo unas pocas naves permanecían cerca, era probable que acabaran de llegar. Una o dos parecían estar preparándose para partir, lo cual era una buena noticia para nosotros. Las naves despegaron hacia Sarkon, de una en una, por lo que, al cabo de solo unos minutos, nos quedamos solos.

Estaba a punto de dar la orden de abrir el túnel cuando la voz de Siggy intervino:

—Señor, se está abriendo un túnel de deslizamiento en el lado más alejado del sistema. Creo que es el *Amanecer Galáctico*.

Eché un vistazo a la pantalla holográfica y vi que estaba en lo cierto. La nave estelar de la Unión estaba llegando al sistema.

—Siggy, deja caer el campo —le ordené.

—Entendido —dijo la IA.

Abigail se tensó y se inclinó hacia delante mientras observaba al *Amanecer Galáctico* emerger de la grieta. Parecía que estaba a punto de decir algo, cuando Siggy intervino.

—Detectando transmisión —dijo—. Sarkon se está poniendo en contacto con el *Amanecer Galáctico*.

—¿Podemos escucharla? —pregunté.

—Afirmativo. Conectando ahora.

Hubo una breve pausa, seguida de unos segundos de estática, y luego...

—... venir, nave de la Unión. ¡Detengan la trayectoria y retírense de inmediato! Está violando la sección tres-dos-seis-nueve de la Convención de Androsia. ¡Retroceda de una vez!

Una voz familiar respondió casi de inmediato.

—Flota sarkoniana, aquí el general Marcus Brigham. Vengo en busca de una nave fugitiva que atraviesa su sistema. La Unión y el Imperio Sarkoniano han acordado trabajar juntos para capturar dicha nave, por lo que sugiero que retiren la amenaza.

Esta vez, respondió una voz de mujer.

—General Brigham, soy la alta comandante Prynn Deschalla, del Imperio Sarkoniano. No tiene autorización para entrar en este sistema. Le recomiendo encarecidamente que regrese a su destino anterior.

—A lo mejor no he sido claro —dijo el general—. Estoy persiguiendo una nave fugitiva conocida como la *Estrella Renegada*. Tenemos un acuerdo con el Imperio...

—Ese acuerdo solo permite que sus naves entren en sistemas específicos dentro del territorio del Imperio Sarkoniano. Sarkon no está incluido. Que esté aquí es intolerable.

—Con el debido respeto, si se limitan a dejarme continuar con mi misión, yo...

—Debemos insistir en que dé la vuelta, general. No está sujeto a debate ni negociación. Si hay un fugitivo en nuestro sistema, lo capturaremos nosotros, no usted. Si lo recuerda, ese fue el acuerdo que firmamos.

—No hay tiempo para discusiones —dijo Brigham—. Háganse a un lado o ayúdenme, pero decídanlo de inmediato. No puedo tirarme aquí todo el día y...

Una sola nave sarkoniana, que el holo identificó como *Panchello*, disparó contra la proa del *Amanecer Galáctico* un misil que golpeó su escudo.

La comunicación se cortó, interrumpida en el momento en que se produjo la explosión.

—Allá vamos —murmuré.

De repente, se produjo un tiroteo masivo, con el *Amanecer Galáctico* devolviéndole los disparos a una flota cada vez más grande, acertando a varias naves a la vez e inutilizándolas.

La flota sarkoniana tomó represalias. Todas sus naves bombardearon a la vez el carguero acorazado de la Unión con cientos de misiles, todos los cuales se estrellaron contra el enorme escudo. No pasaría mucho tiempo antes de que lograran penetrar las defensas del *Amanecer Galáctico*, aunque lo más seguro era que sufrirían grandes pérdidas.

Las naves de ataque salieron del carguero acorazado y pusieron sus miras en los sarkonianos en poco tiempo. Las dos flotas se enfrentaron y crearon una zona de guerra improvisada.

—Ahora, Siggy —ordené—. Abre el túnel mientras se matan entre ellos.

—Abriendo el túnel ahora —dijo la IA.

Delante de nosotros se formó una grieta brillante que dividió la oscuridad. Agarré con fuerza los mandos y nos llevé hacia delante para entrar en ella.

Estaba a punto de relajarme cuando la cabina se desplazó hacia un lado y una luz de advertencia se encendió en el tablero. Nos acababa de alcanzar un misil. La fuerza del cambio inercial hizo que Abigail saliera disparada de su asiento y se estrellara contra la consola. La agarré del brazo antes de que pudiera caer al suelo.

—Capitán Hughes, retírese —dijo una voz femenina por el comunicador. Me resultaba vagamente familiar—. Aquí la comandante Mercer Equestri. Ríndase ahora o dispararemos por segunda vez.

—Siggy, levanta el escudo —espeté.

Nuestros escudos se activaron con rapidez, justo a tiempo para recibir el ataque de la nave entrante. Antes de que pudiera decir algo más, el rostro de una mujer apareció en mi holograma. Tenía una cicatriz en la cara y la reconocí de inmediato.

—¡Deténgase ahora mismo, capitán Hughes!

Maldije por lo bajo.

—No creí que volvería a ver a esa mujer.

—¿Qué está haciendo ella aquí? —preguntó Abigail, todavía en mis brazos.

La acomodé en su asiento.

—Ojalá lo supiera —dije, sacudiendo la cabeza—. Creía que nos habíamos librado de ella.

—Capitán —continuó Mercer, que no podía verme ni oírme—. Si cree que le voy a dejar cruzar este túnel, está…

Agarré los mandos

—Siggy, llévanos al túnel lo más rápido que puedas. Ignora los protocolos de seguridad. ¡Muévete!

—Como desee, señor.

Toqué la consola para lanzar una de mis minas hacia atrás y levanté el escudo una vez que la bomba estuvo flotando en el espacio. Con el artefacto a nuestra espalda, presioné el interruptor de activación.

La explosión dio de lleno contra nuestro escudo, activó varias alarmas en toda la nave y nos envió a toda velocidad hacia la grieta. Cuando entramos en el túnel, empezamos a girar.

—La nave enemiga está preparando sus armas —dijo Sigmond.

—No importa —espeté, sosteniendo los mandos de control y tratando de nivelarnos. Continuamos girando mientras caíamos en el túnel verde—. ¡Estamos dentro!

El túnel de deslizamiento se iba cerrando a medida que avanzábamos. La *Estrella* vaciló, inestable, y se acercó a la pared del túnel.

—¡Cuidado! —gritó Abigail.

—¡Ya lo sé! —le grité a mi vez, con las manos sobre los mandos. Antes de que pudiera nivelarnos, sentí el impacto de los límites exteriores del túnel cuando rozamos el campo eléctrico. Escuché unos ruidos violentos y desgarradores provenientes del casco, y toda mi nave tembló con violencia—. ¡Maldita sea! —grité, preparándome para lo que estaba seguro que sería un terrible resto del día—. ¡Aguanta!

CAPÍTULO 19

—DETECTADA BRECHA EN el casco. Sellando las unidades circundantes. —La voz de Siggy sonó como un susurro distante mientras la *Estrella Renegada* seguía girando sin control dentro del túnel de deslizamiento.

—¡Haz algo, Jace! —gritó Abigail, agarrándose a su asiento para evitar salir despedida de nuevo.

Tiré de los controles y golpeé los estabilizadores, reduciendo la velocidad de giro.

—Siggy, intenta compensar...

Antes de que pudiera terminar, vi una grieta formarse frente a nosotros, señalando el final de aquel túnel.

—Saliendo del túnel de deslizamiento —anunció Sigmond.

Me apoyé en el tablero con las manos.

—¿Ya?

La luz del túnel se desvaneció rápidamente cuando salimos de la abertura y volvimos a entrar en el espacio normal. Se cerró detrás de nosotros a toda velocidad y, para mi alivio, todo quedó tranquilo y en silencio. El caos del túnel desapareció de repente.

—Siggy, ¿qué acaba de pasar? ¿Lo hemos logrado?

—En efecto, señor. De acuerdo con la tabla estelar que proporcionó el doctor Hitchens, hemos llegado al siguiente punto de deslizamiento.

Solté un suspiro de alivio, pero sabía que no podía permitirme frenar.

—Traza el rumbo hasta el próximo y date prisa. Tenemos que movernos lo más rápido posible. Estoy seguro de que cabreé un poco a esa Mercer.

—Señor, una nota rápida antes de continuar —dijo Sigmond.

—Adelante, pero hazlo rápido —le dije.

—Este punto de deslizamiento contiene varios túneles adicionales. Cuatro, para ser precisos.

—¿Otra intersección? —pregunté. Era toda una sorpresa, considerando lo raros que eran. Nadie sabía exactamente cómo se formaban los túneles o por qué tantos terminaban y empezaban cerca unos de otros, pero era poco común encontrar más de unos pocos en un único sitio. Que nos hubiéramos topado en pocas horas con dos puntos de deslizamiento diferentes, cada uno con varios túneles, era muy inusual.

—Según el atlas, esta es nuestra ruta —dijo Sigmond, y se formó un mapa en el holo, destacando nuestro próximo destino, el tercer túnel desde nuestra ubicación.

—Sigamos. No podemos quedarnos aquí perdiendo el tiempo —dije.

—Tal vez tengamos suerte y nuestros perseguidores crean que hemos tomado otro camino —dijo Abigail.

—Deberíamos esperar lo peor. No hay tiempo para ser optimista. —Sin tomarnos ningún respiro para recuperarnos de los daños que habíamos recibido cruzando el último, hice que Siggy abriera otro túnel. Ahora estábamos huyendo, para bien o para mal—. ¿Cuánto tiempo tardaremos en llegar? —pregunté.

—Estamos a catorce años luz del próximo punto de deslizamiento, luego tenemos otras dos conexiones —dijo Sigmond—. En total, nos llevará cinco horas llegar al final del túnel.

—No está mal —dije, cogiendo los mandos y colocándonos en posición. Estaba a punto de entrar en el túnel cuando me detuve para considerar una alternativa—. Espera un segundo.

—¿Algo va mal? —preguntó Abigail.

—Siggy, ¿cuántas minas nos quedan? —pregunté.

—Seis—dijo.

—No tantas como me gustaría, pero deberían ser suficientes.

—¿De qué estás hablando? —preguntó Abigail.

—De las minas, obviamente —dije.

Le llevó un segundo darse cuenta de lo que estaba planeando.

—Espera un momento, Jace. No puedes limitarte a dejarlas en medio de la nada en un punto de deslizamiento. ¿Qué pasa si choca con ellas una nave civil?

—No tenemos tiempo para discutir. De todos modos, ¿qué crees que es más probable? ¿Que un grupo de escolares se pase por aquí o que nos siga un ejército de sarkonianos cabreados? ¿Viste lo que le hice a la nave de esa tal Mercer? Va a venir a por nosotros con todo lo que tiene.

—Sin embargo, sigue existiendo la posibilidad de que no le des a ella —dijo Abigail—. Piensa en los riesgos.

—Haré lo que sea necesario para mantener viva a esta tripulación. —Toqué la consola y empecé a depositar varias minas en el área de tal forma que se dispersaran equitativamente alrededor del punto de deslizamiento—. Si eso significa colocar algunas bombas en mitad de la nada y no saber a quién acabarán haciendo daño, que así sea. Es la mejor opción disponible.

La expresión del rostro de Abigail me dijo que lo desaprobaba. Aun así, no discutió, y eso significaba que lo entendía.

Se formó una grieta y entramos en ella, pasando al nuevo túnel y dejando atrás el punto de deslizamiento. Esperaba que cualquier alma que tuviera la mala suerte de seguirnos mereciera lo que se iba a encontrar.

El salón estaba medio destruido cuando llegué allí, todas las sillas y taburetes volcados. El contenido de la nevera también estaba tirado por el suelo, así como la cafetera de la Unión que me había llevado de su nave.

«Mierda», pensé mientras fulminaba aquel trasto con la mirada antes de continuar hacia el pasillo lateral.

Lex estaba sentada en su cama, balanceando las piernas hacia delante y hacia atrás con una expresión curiosa. Observaba cómo Freddie y Hitchens intentaban ordenar la habitación, ya que estaba llena de ropa tirada por todas partes.

—¿Estáis todos bien? —pregunté, apoyándome en el marco de la puerta.

Hitchens, con un montón de camisas de Octavia en los brazos, se acercó a mí andando como un pato.

—Ah, capitán. ¿Supongo que hemos llegado sanos y salvos? ¿Cómo va la nave?

—Hemos recibido unos cuantos golpes, pero no nos impedirán volar.

Freddie me saludó con la mano antes de arrojar una pequeña pila de ropa sobre la cabeza de Lex. Ella se rio y le lanzó un par de pantalones a la cara, que le dieron de lleno en la frente.

—¡Oye! —dijo él, riendo—. ¡Eso es jugar sucio!

—Bueno, parece que está todo bien —le dije, intentando que no pareciera que me estaba divirtiendo—. ¿Dónde está Octavia?

—Está en la bodega de carga, revisando nuestro equipo de laboratorio. Creo que el microscopio y las muestras de sangre han sufrido algunos daños, pero nada que no podamos reemplazar —explicó Hitchens.

—De todos modos, necesito ver a nuestros invitados de la Unión —dije.

—¡Yo también quiero verlos! —dijo Lex, saltando de la cama y corriendo fuera de la habitación. Pasó junto a mí y, en un acto reflejo, me aparté de su camino.

—Oye, más despacio —la llamé, pero ella ya se había ido.

—Está emocionada —dijo Freddie.

—Mejor eso que asustada, supongo.

Él asintió.

—¿Cómo vamos con la ruta? ¿Estamos cerca ya?

—Estamos a unas pocas horas de donde sea que vayamos.

Se miraron el uno al otro.

—¿Estás diciendo que nos estamos acercando a la Tierra? —preguntó Freddie.

—No, estoy diciendo que casi hemos llegado al final del mapa —corregí—. ¿Quién narices sabe lo que encontraremos?

—Sea lo que sea —dijo Hitchens—, solo espero que nos conduzca hasta la verdad.

Los dejé a los dos atrás y me dirigí a la bodega de carga. No teníamos mucho tiempo antes de salir de ese túnel, lo que significaba que cualquier reparación necesaria tendría que hacerse sin demora.

Octavia llevaba recorrido medio pasillo cuando la encontré, camino de la bodega de carga. Se movía despacio debido a todos los trastos caídos en mitad del suelo.

—¿Necesitas ayuda? —le pregunté cuando la alcancé.

—No, creo que casi lo tengo —jadeó, estirándose para alcanzar un trozo de metal que se había desprendido de la pared y le impedía progresar. Lo levantó de golpe después de un momento y lo dejó a un lado, contra la pared.

—Parece como si nos hubieran dado una paliza, pero por ahora no hay nada seriamente dañado —dije.

—Ya veremos. Todavía no he visto el equipo de laboratorio.

—Yo también necesito ver cómo están los prisioneros —dije, agarrando los mangos de su silla de ruedas y empujando—. Veamos si podemos acelerar el proceso.

—Eres todo un caballero —comentó—. Simplemente no esperes nada de mí. Estoy casada con mi trabajo.

—¿Y qué pasa con Hitchens? —pregunté con una leve sonrisa.

—Ahora mismo deberías preocuparte por tu nave, capitán.

Cuando entramos en la cubierta superior de la bodega de carga, miré a mi alrededor en busca de Lex.

—¿Dónde está la niña?

—Pasó a toda velocidad a mi lado mientras venía hacia aquí. ¿A lo mejor ya ha bajado las escaleras?

—Alguien va a tener que sujetarla para que no siga corriendo por ahí —sugerí.

—Tiene demasiada energía para un espacio tan pequeño, eso es todo. —Octavia rodó hacia la mesa del microscopio. Varios viales se habían caído al suelo y se habían roto. Ella no pareció sorprendida o molesta por ello.

La dejé atrás para que se ocupara de sus propios asuntos y subí las escaleras. Me fijé de inmediato en algunos daños que había sufrido la plataforma retráctil en el lado más alejado de la habitación.

—Siggy, ¿por qué no me has informado de esto? —pregunté.

—¿Informar de qué, señor? —respondió la IA.

—De los daños de la cubierta. ¿Funcionan bien tus sensores?

—Mis disculpas, señor. Parece que parte de mi detección de daños no funciona correctamente en esta parte de la nave. Tendré que analizar mis sensores para iniciar las reparaciones.

—Genial, así que tenemos que arreglar algo solo para poder saber qué más necesita ser reparado. Tal vez tengamos suerte y nos encontremos con una estación de reparación.

—Muy improbable —respondió Sigmond, sin entender del todo mi sarcasmo.

Lo ignoré y salí al centro de la bodega, buscando ala niña.

—Lex, ¿dónde estás?

Me detuve cuando la vi de pie entre los brazos de un hombre, debajo de la pasarela superior, justo fuera de la celda.

La pared estaba entreabierta, probablemente como resultado del daño que habíamos sufrido en el túnel.

—Ahí está —dijo Alphonse, que la rodeaba con los brazos desde atrás—. Me preguntaba por qué tardaba tanto.

Tenía un corte en la frente, la sangre le corría por la mejilla, y vi un cuerpo detrás de él. Solo podía ser Docker.

—Alphonse, ¿qué has hecho? —pregunté.

—Me he ocupado de un problema —respondió—. Docker estaba intentando hacer daño a la niña, pero le he parado los pies. Ahora está a salvo. —Apartó el brazo del hombro de la niña y ella vino corriendo hacia mí—. Ahora necesito sentarme, si no le importa.

Tropezó hacia atrás con una caja y se tambaleó un segundo.

Miré a Lex.

—¿El otro ha intentado hacerte daño?

Ella asintió.

—Sí, me ha dado mucho miedo.

—Oye, sube las escaleras, ¿de acuerdo? Espérame con Octavia.

Ella corrió hacia las escaleras y se fue. Saqué la pistola, en caso de que todo aquello fuera una trampa, y me acerqué a la celda, intentando ver mejor a Docker.

—Está muerto. Me he asegurado —dijo Alphonse, cuyos ojos daban vueltas como si estuviera a punto de desmayarse.

—¿Qué te ha pasado? —pregunté.

Él sonrió.

—Me he llevado un golpe de una tubería —respondió—. De verdad, capitán, debería hacer que le revisen las tuberías. Hay demasiadas sueltas por aquí.

Luego se desmayó.

—Mierda —dijo Abigail cuando entró en la bodega de carga y vio el cadáver.

—Lo sé —dije, cruzando los brazos.

Freddie iba justo detrás de ella, con la misma expresión de asombro en el rostro.

—¿Qué ha pasado? ¿Está bien?

—No, no está bien, Freddie. Está muerto.

—¿Cómo? ¿Y qué pasa con el otro? —Señaló el segundo piso, donde Alphonse estaba tendido sobre una mesa.

—Se encuentra bien, solo está inconsciente —dijo Octavia, que se encontraba sentada a su lado.

Lo había movido yo, ya que Octavia no podía subir las escaleras.

—¿Qué ha pasado? —preguntó Freddie.

—Siggy, pon el audio —dije.

Hubo una breve pausa, seguida de un ligero clic y luego se reprodujo la grabación. Comenzó con un largo rato de silencio, al que siguió algo de estática y lo que solo pudo ser una fuerte turbulencia causada por nuestro impacto dentro del túnel de deslizamiento.

Una voz preocupada, inestable y frenética, tembló mientras los desgarros y golpes continuaban resonando con fuerza.

—¿Qué pasa?

Otra voz respondió, mucho más tranquila y controlada.

—Quizás nos estén atacando.

—¿Es la Unión? —preguntó la voz asustada, que ahora se percibía con más claridad—. ¿No saben que estamos a bordo?

—Si el general Brigham atacara esta nave, ya nos habría destruido. El atacante debe de ser otro.

—Brigham no haría eso, ¿verdad?

—No importa, Docker. Simplemente no lo pienses.

—¿Qué? ¿Por qué dices eso?

—Es probable que la Unión asuma que estamos muertos. Incluso si se enteraran de que somos prisioneros, no darían ningún valor a nuestras vidas... No en comparación con la misión.

—Lo dices solo porque has estado dando información a esta gente. Y no soy un traidor como tú. Vendrán por mí.

—Estás siendo un estúpido. Nadie se preocupa por ti, aparte de tu familia. Somos meros peones en todo esto.

—Y tú eres un cobarde —respondió.

—Es gracioso que me llames así. Me parece recordar que ambos nos rendimos en nuestra nave.

—Al menos yo intenté escapar cuando tuve la oportunidad. Tú te quedaste sentado en esta celda.

—Y tú fracasaste, creo recordar. No puedes...

Otra fuerte turbulencia lo interrumpió.

—¡Necesito salir de aquí! —gritó Docker. Empezó a golpear la pared—. ¡Dioses, dejadme salir! ¡Dejadme salir!

—¡Para, idiota! —dijo Alphonse—. No tiene sentido gritar. No puedes abrir esa puerta desde aquí.

—¡Tengo que hacerlo! —gritó el otro—. ¡Tengo que salir y hablar con el general! ¡Él me ayudará!

—Al general Brigham le da igual lo que te pase —dijo Alphonse.

—No le da igual. ¡Es un héroe de guerra! —gritó—. ¡Lo único que tengo que hacer es...! ¡Lo único que tengo que hacer es recuperar a esa niña!

—¿Pero te estás oyendo a ti mismo? Estás hablando de escapar de una habitación cerrada y salir de una nave sin ningún plan, a pesar de la tripulación armada y...

—¡Cállate! ¡Cállate o te mataré aquí mismo! —gritó Docker. Parecía más desquiciado con cada segundo que pasaba—. No soporto todo esto. Solo quiero irme a casa... Quiero volver con mi mujer. Solo quiero...

Una serie de golpes y desgarros rápidos explotó en mi auricular, el más fuerte hasta el momento. Duró varios segundos antes de quedarse en silencio por fin.

—¡La-la puerta! —gritó Docker.

—¿Está abierta? —preguntó Alphonse.

—Ayúdame. Podemos conseguir escapar de la nave si...

—Docker, para; te matarán si empiezas a corretear por la nave.

—¡Tengo que salir! —gritó. Un chirrido, como de metal deslizándose contra metal—. ¡Ayúdame, Alphonse!

Les llevó un tiempo abrirla, pero seguimos escuchando todo el rechinar y los crujidos del proceso, a pesar de lo espantoso que era.

—Docker, espera un segundo. Piénsalo bien. Si te vas, solo te encontrarás con la tripulación y ya sabes que al capitán no le da miedo dispararte.

—Subiré al transbordador y huiré. Está justo al final del pasillo que tenemos encima. Si nos damos prisa, podemos robarlo. Solo necesitamos una forma de salir...

De repente dejó de hablar.

—¿Qué estáis haciendo? —preguntó Lex con una voz curiosa. Con toda la conmoción, ninguno de los dos la había visto llegar, no hasta que ya estaba en la bodega de carga.

—E-es la niña —murmuró Docker—. ¡Alphonse, es ella!

—Ya lo veo —dijo Alphonse.

—O-oye, pequeña, ¿estás bien? —preguntó Docker.

—Mmm... Sí, estoy bien. ¿Y vosotros? ¿Por qué está rota la puerta?

—No te preocupes por eso —respondió—. ¿Hay alguien más cerca?

—Sí, Octavia está arriba. Está arreglando algo.

—Eso es bueno. ¿Me puede ayudar?

—Docker, basta —susurró Alphonse—. ¿Intentas que te maten? Si alguien de la tripulación te ve hablando con ella, te matarán en el acto.

—Oye, ven aquí —dijo el otro, ignorando a Alphonse—. No podemos verte desde ahí.

—No creo que deba hacerlo —dijo Lex.

—No pasa nada. Somos amigos del capitán —dijo Docker.

—Ah, ¿en serio?

Se oyeron pasos a medida que se acercaba.

—Claro que sí, no pasa nada.

—Quédate atrás, niña —ordenó Alphonse—. No te acerques...

La grabación se detuvo, interrumpiéndolo. Abigail y Freddie me miraron confundidos.

—¿Eso es todo? —preguntó Fred.

—Eso parece —dije.

Sigmond intervino.

—Los dispositivos internos dejaron de funcionar en ese preciso momento. Pido disculpas por las molestias.

—¿Qué dice Lex al respecto? —preguntó Freddie.

—Me ha dicho que los dos empezaron a pelear, a pegarse el uno al otro, y luego Alphonse tomó la delantera. Eso fue solo unos veinte segundos antes de que yo llegara, por lo que sé.

—No lo entiendo —dijo Freddie—. ¿Por qué Alphonse le ha impedido llevarse a Lex?

Abigail me miró.

—Sabía que lo mataríamos si lo intentaba.

Asentí.

—En el acto. Además, no sabía que Siggy estaba teniendo problemas con la nave o qué había provocado la turbulencia, así que a lo mejor ha pensado que llevarse el transbordador no funcionaría. Siggy tiene protocolos para evitar que eso suceda a menos que yo lo autorice.

—Supongo que tiene sentido —murmuró Freddie.

—De todas formas, lo interrogaremos cuando esté despierto —dije.

Freddie miró el cadáver.

—¿Qué hacemos con él mientras tanto?

—No saldremos del desliespacio hasta dentro de otra hora —dije.

—Hay que tirarlo por la borda ya —dijo Abigail rotundamente—. Es la única opción.

—¿Estamos seguros de eso? —preguntó Freddie.

—Ella tiene razón —dije—. Es lo que se merece.

Ayudé a ambos a levantarlo y cargarlo. Lo envolvimos en una sábana y nos aseguramos de que Lex estuviera en su habitación antes de llevarlo a la compuerta. Después de colocarlo dentro, hice que Siggy abriera la escotilla y lo soltamos en el túnel de deslizamiento.

Dicen que cuando liberas un cuerpo en el desliespacio, sus átomos se destruyen y se convierten en nueva energía. Los científicos creen que las paredes están en un estado constante de fusión y fisión nuclear, creando y destruyendo átomos en un bucle constante. Algunos científicos creen que esa es parte de la razón por la que tiene ese aspecto, pero nadie ha podido explicar por qué o cómo sucede, solo que es así.

Al margen de eso, lanzamos el cadáver de Docker a la corriente, dejando que flotara y chocara con la pared interior, desintegrándose con el impacto. En menos de un momento, su cuerpo dejó de existir, la forma más auténtica de muerte que podía imaginar.

CAPÍTULO 20

DESPUÉS DE SOLTAR el cuerpo de Docker en el desliespacio quise centrar la atención en el único prisionero que quedaba en mi poder. Sin embargo, Alphonse estaba incapacitado en aquel momento, lo que significaba que tendría que esperar.

Le di una pistola a Freddie y le dije que se quedara con nuestra inválida residente y el alférez. Incluso aunque Fred no pudiera disparar directamente, Octavia estaba allí con su propia arma, lista para matar si era necesario.

En cuanto a Abigail y a mí, volvimos al puente justo cuando la nave llegaba al siguiente punto de deslizamiento. Sin perder el ritmo, conduje la nave hacia nuevo túnel, iniciando así el deslizamiento final hacia nuestro destino.

Abigail había sacado el mapa estelar y examinaba nuestra ruta.

—Parece que pasaremos por encima de donde tenemos que ir —dijo.

—¿Cómo es eso? —pregunté.

—El túnel está a dos años luz de más. Tendremos que dar la vuelta una vez que lleguemos.

—¿Volver hacia atrás? Sin un túnel de deslizamiento, tardaremos días en llegar allí.

—Es la única opción que tenemos —dijo, con un ligero encogimiento de hombros.

—Mientras tanto, tenemos dos ejércitos detrás de nosotros, un prisionero inconsciente y una nave llena de problemas.

—Las cosas de una en una —dijo.

Abigail y yo pasamos los siguientes veinte minutos revisando los informes de daños de todos los sistemas de la nave. Por lo que pude ver, la mayor parte del daño era superficial, con algunos daños leves en el casco, la puerta del compartimento de carga y los sensores internos. No había problemas serios con los sistemas atmosféricos, armas o motores, gracias a los dioses.

Consideré volver a ver cómo estaba Alphonse, cuando la voz de Siggy se escuchó por el comunicador.

—Señor, tenemos un pequeño problema con nuestra trayectoria de vuelo. Está... —Antes de que pudiera decir nada más, frente a mí, el remolino verde de la pantalla cambió repentinamente, remodelándose para formar el vacío negro y oscuro del espacio normal... —...rota —terminó por fin.

—¿Qué acaba de pasar? —preguntó Abigail.

—Como estaba diciendo, los escaneos internos del túnel han revelado que este punto de deslizamiento se formó prematuramente —dijo Sigmond.

—¿Quieres decir que el túnel está cortado por la mitad? —pregunté—. ¿Cómo leches pasa eso?

—Lo desconozco, señor. Sin embargo, parece que hemos llegado a nuestro destino final.

—Espera. ¿Quieres decir que esa brecha en el túnel nos ha llevado...?

—Tiene razón —dijo Abigail, proyectando otra vez el mapa estelar—. Mira esto. Aquí es donde se suponía que nos llevaría el túnel —siguió la línea con el dedo y luego lo retiró— y, en cambio, estamos aquí, justo al final de la línea original.

—El mapa aún muestra que el túnel va más allá—observé.

—Debe de estar desactualizado —dijo.

—Siggy, ¿por qué ha pasado esto? —pregunté.

—Podría ser artificial, basándome en la inestabilidad de la grieta actual. Sin embargo...

—¿Artificial? —preguntó Abigail—. ¿Está diciendo que no se supone que la grieta deba estar ahí? ¿Que alguien la ha puesto ahí?

—He oído hablar de casos así —murmuré—. La gente habla de roturas en los túneles. Dicen que se supone que no deben estar ahí, como si alguien arrojara una bomba dentro y abriera un nuevo agujero. Siempre me ha parecido que era una tontería, como los tipos que dicen haber visto a los dioses en la otra punta de la galaxia. Ya sabes, auténticas chifladuras

—Señor, si me permite continuar... —dijo Sigmond.

—Lo siento, amigo. Creía que habías terminado.

—No se preocupe, señor —dijo—. Como decía, la nueva grieta podría ser artificial. Sin embargo, el túnel parecía estar intacto cuando entramos en él. Realicé un escaneo interno de largo alcance del túnel y descubrí que nos llevaría aproximadamente dos horas llegar al siguiente punto de deslizamiento.

—En otras palabras, esa grieta no estaba ahí cuando entramos en el túnel —dije.

—Correcto.

—¿Qué crees que significa eso? —pregunté, mirando a Abigail.

—A lo mejor ha reaccionado a nosotros de alguna manera —dijo.

Ambos nos quedamos sentados en silencio durante un minuto, tratando de reconstruir lo que acababa de suceder.

—¿Podría ser algo de la nave? —acabé preguntando.

—Podría —respondió—, o podría no serlo. ¿Cómo lo averiguamos?

—No sé. Tal vez no lo hagamos.

Abigail negó con la cabeza.

—Sigmond, ¿puedes escanear el sistema y mostrarnos el punto específico en el que estamos? Dame un mapa detallado de la zona.

—Trabajando en ello —dijo la IA—. Análisis completo.

La pantalla holográfica cambió para mostrar un sistema estelar binario. Seis planetas, doce lunas.

—¿Alguno de estos planetas es habitable? —preguntó Abigail.

Sin respuesta.

—¿Sigmond?

—Mis disculpas, señora. Estaba intentando llevar a cabo un escaneo profundo de uno de los planetas, que al principio parecía incapaz de sustentar vida, pero parece que estaba equivocado.

—¿Entonces es habitable? —pregunté.

—Solo una pequeña porción, pero no tengo explicación para ello. Hay un área, de doce kilómetros de radio, donde la atmósfera es respirable.

—¿Entonces hay un círculo de tierra donde podemos respirar? —preguntó Abigail.

—Un semicírculo tridimensional, de hecho —explicó Sigmond—. Termina en el suelo y se extiende doscientos metros hacia el centro.

—Qué raro —murmuré—. ¿Es algún tipo de colonia?

—No hay indicios de colonización. No detecto humanos ni arquitectura.

Me incliné para examinar el círculo. Estaba en el centro de una extensión de tierra cerca de la mitad de un continente. Nada era particularmente digno de mención al respecto, aparte del hecho de que existía. Nunca había visto nada parecido.

—¿Y la atmósfera fuera de lo que sea eso? —preguntó Abigail.

—Muy tóxica —respondió Sigmond.

No pude evitar resistirme a todo aquello.

—Primero nos sacan de un túnel de deslizamiento sin previo aviso, ahora estamos viendo dos atmósferas en un solo planeta, sin razón aparente. ¿Qué está pasando hoy?

—Parece que cuanto más nos acercamos a nuestro objetivo, más se salen las cosas de lo común—dijo Abigail.

—Siggy, enumera el contenido de la atmósfera fuera de esta supuesta zona habitable —dije, inclinándome más hacia el tablero.

Al instante, la pantalla cambió, mostrando una lista detallada de la composición del planeta.

95,31% de dióxido de carbono

1,91% de argón

1,58% de nitrógeno

0,974% de oxígeno

0,226% de monóxido de carbono

Eché un vistazo a los números. «Sí, totalmente inhabitable», pensé. Uno no saldría ardiendo por el contacto, pero seguro que se sofocaría.

—Ahora muéstranos la lectura de la parte habitable —dijo Abigail.

La pantalla cambió y apareció otra lista, solo que esta vez había cambiado drásticamente.

78,09% de nitrógeno
20,95% de oxígeno
0,93% de argón
0,04% de dióxido de carbono
0.002% neón
0,0005% de helio
0,00018% de metano

—Esto tiene mucha mejor pinta —dijo Abigail.

Me rasqué la cabeza.

—¿Por qué crees que está segmentado así?

—¿Me lo estás preguntando a mí?

—Se lo preguntaría a cualquiera. Da la casualidad de que estabas aquí —dije.

Ella ignoró mi pulla.

—No puede ser natural, ¿verdad? No hay forma de que se forme una burbuja de aire respirable en un planeta sin ninguna razón. Alguien tuvo que ponerla ahí. Sigmond, ¿ves algo artificial ahí abajo? ¿Alguna señal de tecnología humana?

—Los escaneos iniciales no han revelado ninguna. Sin embargo, puedo realizar un escaneo profundo del planeta y proporcionar información más detallada.

—Adelante, por favor —dijo Abigail.

—Por favor, espere. Esto puede llevar varios minutos.

Me puse de pie, sin dejar de observar el planeta que teníamos delante. Mis ojos encontraron el continente donde estaba el círculo y no tardé en detectar el puntito verde. Era pequeño, aunque no tanto como para que no se pudiera ver, y estaba rodeado de marrón.

Un pedacito de vida en el centro de un páramo.

Me encontré con Hitchens en el salón. Si alguien podía ayudarnos a resolver este lío, supuse que era él.

—Santo cielo, realmente no sabría decirlo, capitán —dijo, mirando la tablilla que le había entregado, que contenía todos los datos que habíamos recopilado hasta ahora sobre el planeta.

—¿En serio, profesor?

Levantó un dedo.

—Doctor.

—Tienes que darme algo mejor —le dije.

Volvió a examinar los datos y se rascó la oreja.

—¿Y dices que el túnel se abrió prematuramente?

—Correcto.

—¿Y no tenemos ni idea de por qué, excepto que reaccionó a nosotros?

—Correcto también.

Él pensó por un momento.

—¿Podría ser por algo que llevamos con nosotros, en lugar de la nave en sí?

—¿Te refieres a nuestra carga? —pregunté, intentando pensar en algo que pudiera encajar—. ¿Qué hay de esos artefactos tuyos?

—¡Ah! —Se dio unos golpecitos en la nariz—. ¡Esa es una buena idea!

—¿Eso crees? —pregunté.

—¡Podría ser, sí, podría ser! Uy, pero... —Frunció el ceño—. Sin volver a viajar por el túnel, no podremos comprobarlo. Hablando de eso, ¿has intentado reabrir la grieta? ¿Qué pasa si no podemos abrirla de nuevo?

—Más despacio, Hitchens. Te estás adelantando demasiado. ¿Qué pasa con esos artefactos?

—Ah, sí, perdón. —Se aclaró la garganta—. La pequeña Lex estuvo conmigo durante la ruptura. Estábamos jugando con el cubo que te regaló tu amiga, la adolescente del pueblo minero. ¿Cómo se llamaba esa ciudad?

—Spiketown —le recordé—. La chica se llamaba Camilla.

—Camilla —repitió alegremente—. Qué familia tan agradable. Los dos, ella y su padre. Bolin, ¿verdad?

—Ya los recordaremos más tarde —dije, intentando que se centrara de nuevo en lo que realmente importaba—. Ese artefacto, ¿qué hizo?

—Ah, bueno, en realidad hizo algo bastante similar a lo que le quemó la mano a la pobre Lex.

—¿Este artefacto hizo lo mismo? ¿Ella se encuentra bien? —pregunté.

—Está perfectamente bien, capitán. Traté de evitar que jugara con él, pero a su edad es tan rápida que me resulta difícil seguirle el ritmo.

—¿Qué hizo el cacharro cuando lo tocó?

—Activó un rayo, igual que el otro, aunque no pareció hacer nada destacable. Sospeché que podría ser simplemente una fuente de luz artificial. Quizás un juguete de algún tipo.

—Me parece que es más que eso. ¿Dónde está Lex? ¿Y dónde está la caja?

La respuesta a ambas preguntas estaba en un dormitorio al final del pasillo. La encontré profundamente dormida, despatarrada como un animal salvaje. Debía de estar agotada por todo lo que había sucedido en la bodega de carga, o tal vez solo eran los altibajos de ser una niña. Ver a Alphonse matar a Docker tenía que ser estresante, pero había pasado por cosas peores desde que la conocía.

Me senté a un lado de la cama y le di un toquecito con los nudillos.

—Pequeña —dije sin rodeos—. Eh, pequeña.

Se retorció y arañó la almohada con los dedos, como si estuviera intentando alcanzar algo, y luego volvió a su posición original.

Le toqué la frente con el dedo índice.

—Oye, pequeña bestia salvaje. Despierta.

Abrió los ojos y me di cuenta de que había estado soñando solo por la expresión de su rostro. Era como si hubiera estado en otro lugar, muy lejos de allí.

—¿Eh...? ¿Señor Hughes?

—Hola, niña. ¿Estás bien?

Ella asintió, moviendo la cabeza hacia arriba y hacia abajo como si acabara de experimentar un estallido de energía, y sonrió.

—Quería preguntarte a dónde ha ido a parar esa caja con la que estabas jugando.

—¿Eh? —preguntó—. ¡Ah, la caja! —Se giró y metió la mano debajo de la almohada, en el espacio que quedaba entre la cama y la pared—. Se cayó por aquí.

La vi levantarla con ambas manos, rascando la pintura de la pared en el proceso, aunque no dije nada. Después de un segundo, me la entregó con una amplia sonrisa en la cara.

—¿Es esta? —pregunté.

Ella asintió.

—Sí, es la que el señor Hitchens me dio para que jugara con ella.

—¿Me la puedes prestar un rato?

—¡Sí! ¿Vas a jugar tú también?

Le di una palmadita en la cabeza.

—Claro, pequeña. En cuanto averigüe qué leches hace.

Estaba volviendo a la cabina con Hitchens cuando Siggy me informó de que Alphonse estaba despierto.

—Dile a Octavia que voy para allí —le dije.

Le dije a Hitchens que viniera conmigo para que pudiéramos tener la oportunidad de averiguar qué estaba pasando con aquella caja. Respiré hondo mientras pensaba en el día que estaba teniendo. «Las cosas de una en una», escuché que decía la voz de Abigail dentro de mi cabeza. «Las cosas de una en una».

Alphonse estaba sentado en la mesa con un parche en la frente, con aspecto de estar aturdido y medio dormido. Era una apariencia similar a la de Lex hacía tan solo unos momentos.

—Bienvenidos a la fiesta —dijo Freddie cuando Hitchens y yo entramos en la cubierta superior de la bodega de carga.

—¿Cómo está? —le pregunté a Octavia.

—Mejor, pero tiene una fractura craneal. Ya le he aplicado un poco de medigel, pero tardará unos días en sanar.

—¿Has oído eso, Alphonse? —pregunté.

Me miró parpadeando.

—C-claro.

Silbé.

—Se ha dado un buen golpe, vaya que sí.

—Como he dicho, se recuperará —comentó Octavia. Se giró en su silla para mirar a Hitchens—. ¿Cómo está Lex?

Él se acercó a su lado y apoyó una mano en el brazo de la silla.

—Está cansada. La hemos dejado descansando en la habitación de la señorita Pryar.

Me incliné más cerca de Alphonse.

—Oye, tú y yo tenemos una charla pendiente.

—¿Una charla? —preguntó, intentando concentrarse en mi rostro.

Asentí.

—Sobre varias cosas, si crees que puedes soportarlo.

Sostuvo un lado de su cabeza.

—Su enfermera me ha dado algún tipo de...

—No soy una enfermera —intervino Octavia.

—... algún tipo de analgésico. No estoy seguro de... qué, exactamente, pero...lo que está claro es que está funcionando. —La voz le tembló de repente, como si apenas pudiera juntar las palabras.

—¿Lo has atiborrado a medicamentos? —pregunté.

Octavia se encogió de hombros.

—Tenía que hacer algo. No dejaba de gritar cuando intenté coser la herida.

Alphonse empezó a cerrar los ojos.

—¡Oye! —Chasqueé los dedos delante de sus ojos—. ¡Despierta, idiota!

Parpadeó rápidamente.

—Lo siento, estoy muy cansado.

—Antes de que te desmayes, dime qué pasó con Docker —le ordené.

—Intentó hacer daño a la niña, y yo... —Cerró los ojos un instante, luego los volvió a abrir—. No lo sé.

—¿No lo sabes?

—No quería hacerlo. Él tenía razón. Podríamos habernos ido. Robar el transbordador. Huir. Llevarnos a la niña. Es valiosa. Aunque no pude hacerlo. Es solo una niña. Yo...

Los párpados se le cerraron y empezó a tambalearse, aunque seguía sentado. Lo cogí por los hombros y lo ayudé a recostarse de nuevo.

—Tranquilo —le dije.

—Lo siento —murmuró justo cuando su espalda tocó la mesa.

—Una última cosa —dije, mirándolo desde arriba.

Me dedicó un leve asentimiento y pude ver el cansancio en sus ojos.

—De acuerdo.

—¿Quién eres tú? —pregunté—. Y quiero la verdad.

Tomó una respiración larga y constante, como si estuviera saboreando el aire, como si fuera algo que apreciar, y luego exhaló. Después se humedeció los labios.

—Soy Alphonse —respondió al fin—. Un alférez en la flota de la Unión.

Suspiré.

—Otra vez no. Sé que hay más que...

—Y también soy miembro de los Condestables.

Puse los ojos como platos al escuchar esa palabra. Los Condestables. Los espías asesinos de la Unión. Nunca me había encontrado con uno antes, no de cerca, nunca en persona. No muchos lo habían hecho, por lo que había oído. Aquellos agentes eran un brazo secreto del gobierno, enviados para hacer frente a todas las amenazas importantes en la galaxia conocida. Iban a donde la Unión no podía, a la deriva como fantasmas en un campo, nunca vistos, pero siempre presentes. Siempre observando.

Di un paso atrás.

—¿Él...? —Freddie estaba boquiabierto—. ¿Acaba de decir que es un condestable?

—Eso creo —respondió Hitchens.

Miré a Alphonse. La cadencia de su respiración era diferente, lo cual indicaba que estaba dormido.

—Mierda —logré decir al final—. Puta mierda.

Capítulo 21

—¿Qué tipo de medicamentos tienes? —pregunté, de pie junto a la mesa donde estaba acostado Alphonse.

—Logramos hacernos con un suministro decente en la estación —me informó Octavia—. ¿De qué tipo quieres?

—Algo que lo mantenga fuera de combate durante un tiempo —dije.

—Tiene una lesión en la cabeza. No recomendaría darle ningún opiáceo en estos momentos, a menos que quieras arriesgarte a inducirle un coma —dijo.

—No quiero dejarte aquí a solas con él —le dije—. ¿Qué pasa si se despierta e intenta algo? Es un puñetero condestable.

—Tú o Abigail podríais hacer guardia a mi lado —dijo.

Negué con la cabeza.

—Tenemos otro trabajo.

Ella y Hitchens cruzaron la mirada.

—¿Qué trabajo? —preguntó Hitchens.

—¿Te has olvidado del planeta exterior? Tenemos que actuar ya si queremos vencer a los sarkonianos y a la Unión. Si descubren dónde estamos, quiero irme antes de que aparezcan.

—Por supuesto, capitán —dijo Hitchens—. Perdón por mi ignorancia.

—No pasa nada —le dije, dándole una palmada en el hombro—. Solo tenemos que averiguar qué hay exactamente ahí abajo y por qué ese mapa tuyo nos ha traído aquí.

—¿Y qué pasa conmigo? —preguntó Freddie.

—Alguien tiene que quedarse con Octavia, en caso de que necesite ayuda con Alphonse.

—¿Crees que porque estoy en esta silla no puedo patear uno o dos culos? —preguntó Octavia.

—¿Estás de coña? No me cabe la menor duda de que podrías acabar con una docena de tíos si te atacaran, pero alguien tiene que cubrirte las espaldas.

Ella miró a Freddie.

—Entonces mantendremos la nave a salvo hasta que todos vuelvan, ¿verdad?

Él asintió.

—Sí, señora.

—Recordad —dije— que tenéis que mantener a Alphonse bajo control. Aunque salvó a Lex de Docker, sigue trabajando para la Unión.

—Hablando de Lex, ¿qué vamos a hacer con ella? —preguntó Freddie.

—¿Qué quieres decir? —pregunté.

—¿Deberíamos dejar que se quede aquí arriba con —hizo una pausa y miró al condestable inconsciente que había sobre nuestra mesa— este hombre?

—No debería pasarle nada siempre y cuando vosotros dos estéis en guardia —respondí.

—En realidad, capitán, si me lo permites...—intervino Hitchens.

—¿Tienes una idea mejor? —pregunté.

Asintió.

—Lex tiene la capacidad de activar los artefactos. Puede que nos convenga involucrarla en nuestra expedición. Si nos encontramos con otro atlas o un cartógrafo, como pasó en Epsilon, es posible que queramos tenerla a nuestro lado.

Consideré lo que estaba sugiriendo. Hitchens siempre había demostrado talento para ayudarme a ver la solución más lógica.

—Eso tiene sentido —dije después de un segundo.

—Además —añadió con una sonrisa—, se muere de ganas por salir al aire libre. Imaginaos lo contenta que se pondrá.

Decidí seguir la sugerencia de Hitchens y dejar que Lex nos acompañara a la superficie del planeta, pero no porque ella quisiera salir. No, no era tan sentimental como el buen doctor. Solo sabía que el lugar más seguro para ella era a mi lado, donde pudiera vigilarla. Lo mismo sucedía con el resto de mi equipo, pero las circunstancias impedían que eso fuera posible en aquel momento, lo que significaba que tenía que elegir.

Abigail, Lex, Hitchens y yo montamos en el transbordador y pusimos rumbo hacia el semicírculo de atmósfera habitable que había en la superficie del planeta. Fue un vuelo de veinte minutos, aunque me pareció mucho más largo. La pequeña nave traqueteó y se sacudió cuando entramos en la atmósfera pesada de la sección tóxica del planeta. Les pedí a todos que se pusieran los trajes espaciales adecuados, incluida Lex, que necesitó ayuda para ponerse el suyo. Me las había apañado para comprar un traje infantil durante nuestra visita al hospital solo unos días antes.

Me di cuenta de que Lex estaba emocionada. Los ojos se le iluminaron mientras atravesábamos las nubes y el gas marrón y entrábamos lentamente en la sección inferior del cielo.

—Me pregunto si habrá animales —dijo, intentando echar un vistazo al valle que teníamos debajo, aunque quedaba demasiado lejos para la vista.

—No se detectaron formas de vida en las primeras exploraciones —dijo Sigmond.

—No—dijo ella—. Pero aun así podría haber algunos.

—Es altamente improbable —dijo Sigmond.

—¿Y tú qué sabes, Siggy? No tienes ojos.

—Si bien es cierto, mis sensores son capaces de analizar un amplio espectro que supera con creces el de...

—Vosotros dos, dejad de discutir —dije.

—Ha empezado Siggy —se quejó Lex, intentando ponerme cara de enfurruñada.

La nave vibró de repente y vi un destello fuera de la ventana.

—¿Qué ha sido eso? —preguntó Abigail.

—Parece que hemos traspasado un campo electromagnético y hemos entrado en la región habitable del planeta —informó Sigmond.

—¿Un campo electromagnético? —pregunté, mirando hacia fuera. El cielo seguía marrón y nublado, pero el aire más cercano a nosotros era más fino, estaba menos congestionado—. ¿Estás diciendo que esta área está protegida por un campo de fuerza?

—Lo desconozco, señor —dijo Sigmond—. No pude detectarlo desde la órbita.

—¿No pudiste? ¿Por qué?

—Lo desconozco —repitió.

—¿Eso significa que los demás escaneos no sirven de nada? —preguntó Abigail.

—Podría ser —dije. Si Siggy no podía decirnos qué había en la superficie de aquel lugar, entonces no sabíamos dónde nos estábamos metiendo—. Tendremos que estar preparados.

Abigail aferró su rifle con ambas manos.

—Voy muy por delante de ti.

Aterrizamos un momento después y esperamos unos segundos a que el casco se descomprimiera mientras el refrigerante entraba en acción. Mientras tanto, comprobé que tenía el casco bien puesto y revisé que mi traje estuviera bien sellado, luego les dije a los demás que hicieran lo mismo. Cuando por fin estuvimos listos para partir, apreté el botón junto a la puerta para desbloquear la abrazadera. La puerta se abrió y un rayo de luz brillante se coló por la rendija, iluminando las rodillas de Hitchens y creciendo poco a poco.

Mientras la puerta seguía abriéndose, pude ver la emoción en el rostro de Lex. Se balanceaba sobre las puntas de los pies, lista para echar a correr. Hitchens le dio la mano para asegurarse de que no saliera corriendo a ciegas hacia el campo. Aseguraríamos la zona mucho antes de que ella bajara de la nave.

En el exterior, el cielo estaba un poco nublado, un tinte marrón mezclado con tonos de rojo, pero nada de eso parecía impedir que los dos soles nos alumbraran desde arriba con su cálida luz. Era agradable sentirla sobre las mejillas, incluso a través de la visera tintada, y tenía que admitir que me gustaba.

Revisé el termómetro y vi que el exterior estaba a 30,05 grados. Caliente, pero no tanto como para no poder soportarlo.

Abigail mantuvo a una Lex ansiosa a su lado, justo al borde de la puerta de la lanzadera, que había caído sobre la tierra blanda y la hierba verde y espesa.

La lectura de la atmósfera indicó que el aire era respirable, tal como había sugerido Siggy.

87,084% nitrógeno
2,946% oxígeno
0,934% argón
0,04% dióxido de carbono
0,001818% neón
0,000524% helio
0,000179% metano

Así que las lecturas de Sigmond eran correctas, al menos en lo que respectaba a la atmósfera del interior de aquella burbuja. Nadie sabía por qué no podía detectar el campo que la rodeaba. ¿Podría eso significar que sus escaneos habían sido en su mayoría correctos? ¿O simplemente habíamos tenido suerte con la atmósfera?

Supuse que pronto lo averiguaríamos.

—¿Es seguro? —preguntó Abigail.

—Eso parece —dije—. Dejémonos los trajes puestos por ahora, por si acaso. Este lugar no tiene sentido, así que deberíamos ser cautelosos.

—De acuerdo —accedió.

—¿No puedo quitarme el traje? —preguntó Lex.

—Aquí no. Es demasiado arriesgado —dijo Abigail.

Lex frunció el ceño ligeramente y asintió.

—Vale.

Toqué la pantalla de mi muñeca y activé el mapa del planeta. Un holograma se formó sobre mi brazo, iluminándose con un destello para mostrarme una recreación tridimensional. Usando dos dedos, toqué el orbe flotante y amplié nuestra ubicación actual, revelando el círculo. Volvía hacer zoom y enfoqué nuestra posición.

—Parece que estamos a un kilómetro del centro de esto, lo cual es extraño, ya que le pedí a Sigmond que aterrizáramos lo más cerca posible.

—Mis disculpas, señor. No sé lo que ha sucedido. Introduje las coordenadas adecuadas, según sus sugerencias —dijo la IA—. Esto es de lo más desconcertante.

—Tampoco es que sea una caminata muy larga —dijo Abigail—. Podemos hacerla en diez minutos. Cinco si nos damos prisa.

—Vamos —dije, indicándoles que siguieran adelante.

La hierba del valle fue desapareciendo a medida que caminábamos. Alcancé a ver la tierra entre los talles, dura y agrietada, como las salinas de un desierto seco. Para cuando llegamos a la mitad del círculo, ya casi habíamos salido del césped, aunque todavía había algunos parches. Me sorprendió que no hubiera árboles allí, por no mencionar ríos o lagos. Cuanto más caminábamos hacia el este, más superaba el marrón al verde.

Pronto no sería más que arena del desierto y piedra seca.

Hitchens la vio primero.

Una estructura en la distancia, lo suficientemente grande como para verla desde lejos. Parecía un edificio redondo, hundido en algunas zonas y hecho polvo, aunque tendríamos que acercarnos más para afirmarlo con seguridad.

El calor empezaba a apretar, quizás porque habíamos entrado en una zona más seca. Revisé el termómetro y vi que, efectivamente, la temperatura había subido casi dos grados. No era de extrañar que estuviera sudando a mares. Si la cosa empeoraba, era posible que tuviéramos que dar marcha atrás.

Miré directamente a las alturas, esperando ver uno o ambos soles elevándose sobre mi cabeza, porque en aquel planeta parecía mediodía. En cambio, solo vi la luna. Era extraño que fuera tan grande o que se la viera a la luz del día cuando hacía tanto sol.

La brillante luz solar me obligó a bajar la mirada después de unos segundos. Activé el tinte de mi visera para atenuarla.

Cuando estuvimos a menos de cien metros de distancia, empezamos a ver rocas extrañas, medio hundidas en el suelo.

Tenían marcas, líneas grabadas en los costados, casi como las reliquias que Hitchens guardaba en la nave. El alegre doctor recogió una para examinarla. Lo hizo girar en sus manos, estudiándola.

Sus ojos delataban su fascinación, y vi el brillo de un hombre en su elemento, en el lugar al que pertenecía.

—Observad cómo están grabadas las líneas —dijo, resiguiéndolas con el dedo—. Es una reminiscencia de las ruinas que encontramos en Epsilon.

—¿El Cartógrafo? —pregunté, recordando la caminata para llegar a la montaña, las ruinas que habíamos descubierto debajo, la tecnología enterrada que había cobrado vida al sentarse Lex en aquella silla y los animales de después. Había muchas cosas que no entendía sobre todo aquello. La piedra que tenía no se parecía en nada a las reliquias, al menos no para mí ni para mi mente inexperta. Pero Hitchens tenía buen ojo para esas cosas. Veía conexiones que yo simplemente no era capaz de establecer.

—Mira —dijo, indicándome que me acercara. Tocó la hendidura y resiguió la línea hasta que formó un círculo—. Este es el mismo patrón que el del Cartógrafo. Estaba por todas las ruinas de Epsilon.

—¿Puedo tocarlo? —preguntó Lex, que estaba a un metro de distancia. Miró la piedra con los ojos repletos de una extraña curiosidad.

—Por supuesto, querida —dijo Hitchens, entregándosela con cuidado.

En el momento en que la tocó, las marcas comenzaron a brillar de un extraño tono azul, al igual que sus tatuajes. Ella sonrió cuando la luz le iluminó las mejillas.

—Es bonita —susurró, mirando fijamente la piedra.

Todos la miramos con cierta reverencia, sin ninguna explicación para lo que estábamos viendo. De alguna manera, aquella pequeña piedra de aquel planeta remoto en medio de la nada tenía una conexión con la peculiar niña albina. Ninguno de nosotros podría haberlo sabido, pero era evidente, justo allí y en ese momento, que habíamos llegado al lugar correcto.

Capítulo 22

Las rocas estaban muy esparcidas al principio, pero empezó a haber una concentración mayor de ellas a medida que avanzábamos, y pronto vi el objeto que una vez había sido su hogar: un edificio redondo y alto, aunque apenas pude distinguir el diseño, y realmente no sabría decir lo que era. Ni siquiera cuando llegamos allí, justo al otro lado del muro semiderruido, y nos quedamos mirándolo asombrados.

Por detrás parecía tener un tubo que se extendía hacia el cielo. Era redondo y fino, con cables que salían del suelo firmemente sujetos a los laterales del tubo. Se alargaba hacia el cielo, hasta donde no alcanzaba la vista, hacia el gas de la otra atmósfera, y desaparecía en el horizonte, como si continuara para siempre.

—¿Qué porras será eso? —preguntó Abigail una vez que estuvimos lo bastante cerca para verlo.

A pesar de lo cerca que estábamos, seguía sin tener ni idea. El edificio era redondo y tenía un agujero en el centro, como una rosquilla. Lucía unas marcas idénticas a las de las piedras esparcidas por la arena y formaban extraños glifos por todas las paredes.

—¿Qué crees que significa? —pregunté, mirando a Hitchens en busca de respuestas.

No tenía ninguno que dar.

—Ojalá lo supiera, capitán.

En el centro de la estructura encontramos un pequeño edificio, medio deteriorado y en pleno desmoronamiento. Detrás de él, vi lo que parecía ser una pista, o el comienzo de una, y continuaba hacia el tubo, que empezaba en aquel punto y se elevaba hacia el cielo. Allí no había vehículos, ni transporte con el que recorrer las vías. No es que fuéramos a hacerlo, por supuesto, dado lo poco que sabíamos de él, pero se podía afirmar que aquello se había construido con la idea de viajar en mente. Al menos, eso era lo que me parecía a mí, pero ¿qué sabía yo? No tanto como creía, de eso me estaba dando cuenta a marchas forzadas.

Me acerqué más a la abertura del tubo, que era mucho más grande que yo y estaba oscuro por dentro.

—Esta mierda es muy siniestra —murmuré, dándome la vuelta para mirar a mi tripulación.

—La descripción más adecuada que he oído nunca —dijo Hitchens, inclinándose tanto hacia el tubo que pensé que podría caerse.

—Mirad este edificio —dijo Abigail, que todavía sostenía la mano de Lex—. ¿Qué creéis que es?

Me acerqué a la estructura y examiné las paredes agrietadas. Por su apariencia, supuse que aquella cosa mostraba ahora solo una fracción de su tamaño original, que debía de haber sido de varios pisos de altura en algún momento. La mayor parte de la torre estaba cubierta por su propio cadáver, rodeada de escombros caídos y nada que pudiera definirse como una puerta.

Levanté el holo que llevaba en la muñeca y miré el mapa. Según la lectura, estábamos justo en el centro del círculo, aunque no vi nada en el mapa que indicara que esa torre (o algo de aquello) estaba realmente allí. Otra señal de que los sensores no habían podido penetrar el escudo atmosférico.

Un escalofrío repentino me recorrió cuando en un instante me di cuenta de que en realidad no tenía idea de lo que había en aquel planeta, y no me refería solo a los edificios.

La torre caída tenía paredes idénticas a las demás, solo que con más marcas a lo largo de las piedras, que estaban rotas y cortadas. Lex quería acercarse, pero le dije a Abigail que la mantuviera alejada.

—Capitán, mira esto —dijo Hitchens. Su voz me distrajo de mis pensamientos. Estaba de pie cerca de la esquina trasera del edificio, con la mano en un trozo de piedra—. Creo que aquí hay algo.

Fui hacia él mientras examinaba la pared en la que tenía la mano, solo para descubrir que, en realidad, la piedra no era parte de ella. Era una pieza separada, o tal vez se hubiera desprendido hacía algún tiempo. Fuera como fuera, estaba suelta, y tal vez eso significara que había una forma de llegar al interior.

—Ayúdame con esto —dije, agarrando el borde.

Lo hizo, y juntos tiramos, jadeando hasta que hicimos que se deslizara hacia atrás. Ambos nos apartamos del camino de la roca cuando se inclinó hacia atrás, cayó y se estrelló contra la arena con un ruido sordo.

—Muy bien —jadeó Hitchens, ya sin aliento—. Ha sido una idea magnífica.

El agujero en la pared era lo suficientemente grande para una persona más pequeña que yo. Abigail, tal vez, y Lex, eso seguro, aunque no dejaría que la niña fuera la primera.

—¿Crees que puedes entrar, Abby?

—Eso creo —dijo, estudiando la abertura.

—Ten cuidado —recomendó Hitchens.

Ella entró y yo me agaché para intentar ver mejor. Abigail fue lenta, sin perder de vista las rocas para no comprometer el traje.

—¿Qué ves? —la interrogó Hitchens.

La vi trepar por una pared derruida, intentando usarla como apoyo para llegar al otro lado.

—Lo mismo que hay ahí fuera —logró decir una vez que tuvo los pies plantados en el suelo de nuevo.

—Es una lástima —dijo Hitchens, mirándome.

—¡Esperad! —gritó Abigail, y me hizo daño en el oído, ya que su voz me alcanzó a través del comunicador del interior del casco. Tampoco alcanzaba a verla ya, había desaparecido detrás de más escombros—. Aquí hay algo, debajo del suelo. Puedo verlo a través de las grietas. Parece cristal y... —Hizo una pausa—. Quizás algún cableado de metal. No estoy segura.

—¿Estos trajes no llevan cámaras? —preguntó Hitchens, mirándome.

«Uy, sí», pensé, un poco avergonzado de no haber recordado algo tan obvio. Decidí echarle la culpa al hecho de estar completamente distraído por la torre que quedaba en pie en medio de una atmósfera habitable y autónoma en un planeta en mitad de la nada.

—Bien pensado —dije—. Siggy, activa la cámara del traje de Abby y pásanos la imagen.

—Activando —dijo Sigmond.

La señal apareció en la esquina superior izquierda de mi visera, mostrando la perspectiva de Abby mientras cavaba para retirar algunas piedras del tamaño de un puño. Detrás de ellos había un pequeño agujero que parecía caer en el sótano de lo que fuera aquella torre.

—¿Estás viendo eso, Doc?

—¡Ya lo creo! —respondió Hitchens. Escuché la curiosidad y la emoción en su voz. Era el sonido de un hombre al borde de su asiento, viendo desarrollarse ante él algo que consideraba extraordinario—. Vigila, señorita Pryar. Nos interesa tener cuidado con esas paredes.

—Lo tengo —respondió mientras retiraba otra piedra—. ¿Podéis ver ya el interior?

—Deja de mover la cabeza un segundo —le dije.

Ella hizo una pausa.

—¿Así?

—Perfecto. ¿Puedes activar tu luz? La de la muñeca.

Ella jugueteó un momento con el traje y luego apareció una luz fija. Apuntó con el brazo hacia el agujero, manteniéndose lo más firme posible para que Hitchens y yo pudiéramos observar.

—¿Qué tal ahora?

Había cristales, como ella había dicho, pero estaban curvados, como un cuenco al revés. Por debajo corrían largos tubos sin indicación de su propósito o dirección. Era como una especie de máquina, pero ninguna que yo hubiera visto nunca.

—Estupendo —respondí—. Hitchens, ¿qué te parece? ¿Ves algo?

—Ay, Dios —murmuró—. Madre mía, madre mía, lo que tenemos aquí.

—Habla, maldita sea —dije—. Deja de divagar.

—He visto arquitectura como esa antes —respondió.

—¿Dónde? ¿Te refieres a Epsilon? —pregunté.

—No del todo —dijo—. Las fotografías que vi fueron recuperadas por el fundador de la Iglesia hace muchas décadas.

—¿Te refieres al tal Darrel?

—Darius —corrigió—. Sí, Darius Clare. Creo que una de las imágenes que recuperó se parecía a lo que estamos viendo ahora.

—¿Había alguna más? —pregunté.

—Había varias, pero ha pasado mucho tiempo desde que las vi. ¡Tal vez Frederick pueda ayudarnos!

—¿Por qué?

—Está en la nave, por lo que podría mandárnoslas, y tiene cierta experiencia con la investigación.

Menos de un minuto después, tenía a Freddie conmigo en el comunicador.

—¿Crees que puedes encontrar algo? —pregunté una vez que Hitchens le explicó la situación.

—Eso creo —dijo.

—No pareces muy confiado —le dije.

—Lo siento, solo un segundo. Tengo que ir a por mi tablilla. Sigmond, ¿puedes reproducir lo que hay en mi pantalla en sus trajes? —preguntó Freddie. Podía escuchar su respiración acelerada mientras corría por la nave. Eso tenía que concedérselo. Estaba motivado.

—Por supuesto —dijo Siggy.

Escuché algunos crujidos y murmullos al otro lado de la línea mientras Freddie se apresuraba a en busca de su tablilla.

—La tengo, creo. No, esperad. ¡Sí! Aquí está.

En mi visera apareció una imagen. Parecía similar, como había sugerido Hitchens, aunque no era igual. En la fotografía estaba rodeada de metal, bien iluminada y limpia, sin rastros de polvo o escombros. La arquitectura que tenía alrededor, aunque no era exactamente la misma, tenía glifos y marcas idénticas, lo que significa que tenía que haber algún tipo de conexión. No sabría decir qué podría ser, pero era suficiente para sugerir que íbamos bien encaminados.

Bien encaminados. Las palabras resonaron en mi cabeza. ¿Acaso era cierto? ¿Cómo iba a saber cuál era el camino correcto cuando nada tenía sentido? ¿Qué conexión había entre aquello y la Tierra?

Por lo que sabía, de pie frente a aquella torre en ruinas, la respuesta era que no la había.

¿Qué podría faltar? ¿Qué pieza nos hacía falta para conectar los puntos?

Escuché un crujido cerca.

Empecé a mirar hacia abajo, cuando de repente los glifos en la pared se iluminaron, brillando de un azul cerúleo intenso. Miré hacia abajo y vi a Lex de pie allí, con una amplia sonrisa en la cara y la palma abierta sobre la piedra.

Abigail chilló en el interior y Hitchens no se cayó hacia atrás por poco.

—¡Santo cielo!

Empecé a decir algo, pero el suelo tembló y se me doblaron las rodillas. Al mismo tiempo, la luz de la pared se volvió más brillante.

Agarré a Lex del brazo y la aparté.

—¡Moveos todos! ¡Abby, sal de ahí!

Vi que la luz llenaba el interior del monumento, aumentando hasta llegar a la cima y...

Una explosión repentina tuvo lugar en lo alto de la torre, desde donde salió disparado un único rayo de luz hacia el cielo. Atravesó las nubes, dividiéndolas y fue directo a...

A la luna. La misma luna que flotaba a cuarenta y cinco grados de donde yo estaba y que no se había movido desde nuestra llegada.

El rayo impactó contra ella en algún lugar cerca del ecuador y la luz se expandió de inmediato, como la electricidad a través de una red eléctrica.

Observé con asombro cómo la luna pasaba de ser una bola de roca muerta a algo más. Algo mecánico, tecnológico, sofisticado. ¿Por qué nuestros sensores no habían detectado aquello antes? ¿Qué pasaba con aquel lugar?

—¡Dioses! —gritó Abigail, y se lanzó hacia el agujero de la pared. Arañó para escapar, tratando de salir. Le agarré la mano y tiré de ella.

Salió tambaleándose por la pared justo cuando la viga se apagó, sin embargo, las líneas de la pared continuaron brillando.

—¿Qué acaba de pasar?

Señalé al cielo.

—Míralo por ti misma.

Abrió mucho los ojos cuando lo vio.

—¿Qué porras es eso?

—¡Es una luna! —exclamó Lex con una sonrisa.

—Ya lo creo que lo es —murmuré, inclinando la cabeza para mirarla. De todas las cosas que había visto ese día, desde la ruptura de un túnel de deslizamiento hasta una atmósfera de bolsillo, tenía que admitir que una luna brillante era la guinda del pastel.

—Madre santa —dijo Hitchens. Su voz me sorprendió. Casi me había olvidado de que estaba allí—. Frederick, ¿también estás viendo esto?

—¡Lo veo! —La voz de Fred vibró con estática crepitante—. Parece...No sabría decir... que Sigmond ejecute una... Hay que escanearlo.

—¿Qué ha sido eso? —pregunté.

—... ¿Capitán? ¿Hola? Me... no puedo...

—Esta estructura podría estar creando interferencias—dijo Hitchens, señalando la torre brillante a nuestro lado.

—O la luna gigante que flota sobre nuestras cabezas —dije.

—O lo que sea ese tubo —añadió Abigail, mirando hacia el túnel que quedaba a mi espalda—. Esto, Jace...

—¿Qué? —pregunté.

Ella señaló.

—Está pasando algo.

Me giré hacia la entrada del tubo y vi que ahora estaba iluminado por dentro. No solo eso, sino que la plataforma frente a él se estaba moviendo.

La plataforma se abrió y un objeto surgió del suelo. Parecía ser un recipiente de algún tipo, elegante y negro, como un triángulo largo.

Antes de que pudiera decir algo, se abrió una puerta a lo largo del lado más a occidental del triángulo, liberando vapor en el aire, y la zona a su alrededor se iluminó.

—¿Qué es? —preguntó Hitchens.

Bajo mis pies, el suelo comenzó a temblar y me di la vuelta a tiempo de ver que la torre se derrumbaba sobre sí misma.

—¡Atrás! —grité.

Los tres corrieron hacia mí, más cerca de la nave y las vías. Las paredes de la torre se agrietaron, luego empezaron a resquebrajarse y desmoronarse. Trozos de piedra se partieron y cayeron al suelo duro. De repente, toda la pared oriental cayó como si fuera agua, deslizándose lejos del resto, enviando tierra y polvo en nuestra dirección. Cubrimos nuestras viseras y miramos hacia otro lado.

A todo aquello siguió más ruido cuando el resto de la torre se derrumbó y cayó toda entera al suelo, creando un gran agujero en el lugar que Abigail había encontrado antes. Ahora había un resplandor azul que provenía del interior y pude ver que la máquina giraba y seguía girando. La luz continuó intensificándose, volviéndose más brillante con cada segundo que pasaba.

—¡Todo se está derrumbando! —gritó Abigail.

Tenía razón. El suelo alrededor del agujero se estaba resquebrajando, creando grietas que avanzaban hacia el santuario interior. El agujero se estaba expandiendo y lo hacía muy deprisa.

—¡Tenemos que salir de aquí! —grité.

Echamos a correr hacia la salida, pero una grieta dividió el suelo. Nos detuvimos de repente y Hitchens casi cayó en ella.

La grieta se expandió hacia él. Lo agarré por la parte de atrás del cuello y tiré de él justo cuando el abismo lo alcanzaba.

—¡Retroceded! —ordené.

Recuperó el equilibrio tras tambalearse un poco.

—¿Qué hacemos?

—¡A la nave! —gritó Abigail.

Negué con la cabeza.

—¡No voy a meterme en esa cosa!

El resquebrajamiento de la tierra aumentó de volumen y absorbió las rocas más cercanas a nosotros.

—¡No tenemos otra opción! —gritó Abigail—. ¡Sube tu tozudo culo a la nave!

No discutí.

Nos apilamos en la estructura triangular y la puerta se cerró por sí sola. Antes de que pudiera abrocharme ningún cinturón, la nave empezó a moverse y entró en el túnel que teníamos delante.

Observé los controles de la consola delantera. Estaban en otro idioma, totalmente extranjero. Estaba bastante seguro de que acababa de cambiar una trampa mortal por otra.

Empezamos a subir por el tubo.

—Siggy, ¿puedes oírme? ¿Freddie? ¿Alguien me recibe?

Esa vez no obtuve respuesta, ni siquiera estática. Nada.

La nave siguió subiendo por el tubo, montada en lo que parecía una cinta transportadora, llevándonos más y más alto cada vez. Nos quedamos allí sentados durante varios minutos y me pregunté hasta dónde llegaría aquella cosa.

Pero luego sentí que la nave se nivelaba y frenaba, antes de que se detuviera por completo. Miré a Abigail, que estaba sentada a mi lado en la parte delantera.

—¿Qué está pasando aquí, Abby?

Ella sacudió la cabeza.

—¿Por qué me lo preguntas a mí?

—Tú has sido la que ha dicho que montara en esta cosa.

—No sabía qué más hacer.

—¡Mirad eso los dos! —espetó Hitchens, señalando delante de nosotros.

Una imagen apareció encima de nosotros, en la pantalla del tablero. Era un número, y fue contando hacia atrás desde 10.

9...

8...

7...

6...

5...

—No me gusta lo que esto parece—dijo Abigail.

4...

3...

2...

—Mierda —murmuré.

1...

La nave salió propulsada hacia delante con un estallido repentino. El impulso hizo que me estampara con violencia contra el reposacabezas, y me agarré a los brazos del asiento, sujetándome con todas mis fuerzas.

Las luces del interior del túnel pasaron cada vez a más velocidad a medida que acelerábamos y al final se fundieron en una línea constante de haces azules brillantes. Confiaba en que redujéramos la velocidad, pero eso nunca sucedió.

Seguimos moviéndonos, cada vez más rápido, todo sin ninguna inercia adicional.

Por fin, justo cuando creía que nunca podríamos escapar de aquel tubo, apareció otra luz, muy por delante de nosotros. Creció rápidamente hasta que la alcanzamos.

Salimos volando por la salida, explotando como una bala que abandona el cañón de la pistola mientras íbamos directos hacia el horizonte. Las paredes que nos rodeaban terminaron y vi la atmósfera brumosa de fuera. Los raíles que teníamos debajo quedaron expuestos mientras continuábamos a una velocidad vertiginosa. Basándonos en lo lejos que estábamos, supuse que el túnel nos había trasladado durante al menos ochenta kilómetros, tal vez más.

—¿A dónde vamos? —preguntó Lex, tranquila como siempre.

«Que me aspen si lo sé», pensé.

Se avecinaba una fuerte caída. Fuimos hacia abajo cuando la alcanzamos, luego volvimos a subir hacia el cielo, apuntando repentinamente hacia...

—¡Mirad allí! —dijo Hitchens—. ¡La luna!

Ahora quedaba a la vista, las brillantes luces azules del Goliat en órbita eran tan brillantes que dominaban todo el cielo.

A medida que nos acercábamos, pude ver zanjas a lo largo de la superficie del orbe, luces que brillaban desde lo más profundo. Los surcos se extendían por la roca como marcas de garras.

Cuando estuvimos cerca, me fijé en que una de las luces se hacía más brillante que el resto.

—Mirad eso —dije, señalando hacia allí—. ¿Qué creéis que...?

La luz nos engulló de repente, cubriendo la nave, y sentí un fuerte tirón.

Golpeé el lateral de mi casco.

—¡Siggy, háblame!

—¡Espera! —gritó Abigail.

Giramos hacia la luz y nos fuimos directos hacia una de las zanjas de la luna.

—Esto debe de ser una especie de rayo magnético —dijo Hitchens—. Un gancho, tal vez.

—Más como un puñetero anzuelo —espeté—. ¡Nos acaban de pescar!

—Nos está metiendo dentro—dijo Abigail—. ¡Preparaos!

Un momento después, nos sumergimos en el abismo, entrando en los recovecos más profundos de aquella... Bueno, no estaba seguro. ¿Era una luna? ¿Era siquiera natural?

La arquitectura metálica a lo largo de las paredes parecía sugerir que todo aquello era artificial, pero nunca había oído que nadie construyera algo tan grande, no como aquello.

Me percaté de que había pasillos a los lados, sellados bajo una superficie protectora transparente. Dondequiera que miraba, veía caminos, cada uno de ellos conducía en diferentes direcciones. Fuera lo que fuera, había sido construido para atravesarlo.

—Mira allí —dijo Hitchens, tocándome el hombro—. Parece que se está abriendo para nosotros.

Efectivamente, la pared que teníamos delante se estaba dividiendo, sus puertas se abrieron para revelar una especie de pista de aterrizaje.

La luz a nuestro alrededor se atenuó cuando comenzamos a desplazarnos lentamente hacia la cubierta, y por fin se disipó una vez que nuestra nave estuvo firmemente atracada.

La cubierta era enorme y estaba bien iluminada, con varias naves más esperando un poco más abajo, idénticas ala nuestra.

—¿Qué es esto? —acabé preguntando.

Como para responder, la puerta hizo un ruido y luego se deslizó hacia abajo hasta formar un conjunto de escaleras. Hitchens se echó hacia atrás en su asiento, sorprendido.

—Relájate —dijo Abigail—. Es solo la apertura de la puerta. Lex, ¿estás bien?

Lex estaba sentada y balanceaba las piernas hacia delante y hacia atrás, con una ligera sonrisa en la cara.

—Sí.

Abigail le dio un apretón en la rodilla.

—Buena chica —Me miró—. ¿Y ahora qué?

«Contactar con Siggy y salir de aquí —quise decirle—. Correr tan rápido como podamos y no mirar atrás. Mandar este pedrusco al carajo y luego...».

El tablero se iluminó, sin previo aviso, y apareció el rostro de una mujer. Tenía el pelo blanco, los ojos azules y aspecto de tener unos veintitantos años.

—Bienvenidos a Titán —dijo.

CAPÍTULO 23

CONTEMPLÉ EL ROSTRO de la mujer.

—¿Qué... quién...?

—Soy la anfitriona de la nave colonia de semillas conocida como Titán. Pueden referirse a mí como Atenea.

Abigail se inclinó para acercarse más al tablero, con la mirada fija en la mujer en la pantalla.

—¿Eres una especie de IA? —pregunté.

—Soy un cognitivo auténtico que funciona de forma independiente.

—¿Qué significa eso? —pregunté.

—Si me lo permites —intervino Hitchens—, creo que está sugiriendo que es una IA sensible. —Se aclaró la garganta—. O, mejor dicho, una inteligencia consciente de sí misma.

—Eso es correcto —dijo Atenea.

—¿Puedes decirnos dónde estamos? —pregunté.

—En Titán, una nave colonia de semillas actualmente en órbita cercana alrededor de un planeta de clase G.

Fruncí el ceño.

—¿Qué se supone que es una nave colonia de semillas?

—Por favor, salgan del vehículo y se les explicará todo. —La pantalla se oscureció al instante y escuchamos su voz proveniente del exterior de la nave—. Esperando su llegada, pasajeros.

Aquello era una locura. Estábamos dentro de una especie de megaestructura, hablando con una mujer digitalizada. ¿Cuántas sorpresas más nos llevaríamos en un solo día?

—Me gusta —dijo Lex desde el asiento trasero.

Abigail y yo nos giramos para mirarla.

—¿Te cae bien? —preguntó la monja.

Lex asintió.

—¿Podemos entrar?

—¿Qué opinas, profesor? —le pregunté a Hitchens.

—Hemos llegado hasta aquí, capitán. Continuar parece lo natural, aunque sugiero precaución.

—Eso sin duda —murmuré.

Salimos todos de la nave, de uno en uno. Hitchens le dio la mano a Lex, mientras Abigail y yo sacamos nuestras armas, listos para cualquier cosa que aquel lugar arrojara en nuestra dirección.

—Sus armas de fuego no serán necesarias —dijo el llamado cognitivo.

Abigail miró hacia el hangar.

—¿Cómo sabemos que podemos confiar en ti?

El rostro de Atenea apareció en la pared más alejada, a unas pocas docenas de metros de la nave triangular.

—Por favor, sigan por aquí para que pueda explicarlo.

Me incliné hacia Abby.

—Ten el dedo preparado en el gatillo

Ella asintió, sosteniendo su rifle contra su pecho.

Los cuatro caminamos hacia la parte trasera del hangar, prestando atención a las demás naves. Según mi recuento, había media docena. Durante un instante, me pregunté si estaban armadas.

—Por aquí —dijo Atenea antes de desaparecer de la pantalla.

A la derecha de donde había estado, divisé un pasillo abierto. Algunas secciones de las paredes interiores se habían desprendido y algunas habían caído al suelo. Detrás, en los huecos, vi cables y circuitos, aunque estaba más allá de todo lo que había visto. No había nada en la *Estrella* que se pareciera a aquello, como mucho de la forma más vaga posible. Tendría que robar algunas piezas cuando nos marcháramos, solo para ver si me podrían ser útiles en algún sentido.

—Giren en la siguiente a la izquierda —dijo la voz incorpórea de Atenea mientras doblábamos la esquina.

La puerta estaba cerrada, pero se abrió cuando nos acercamos.

—Madre mía —dijo Hitchens—. Mirad eso.

Parecía una sala de conferencias, con una mesa larga en el centro. Lo que más destacaba, y la razón por la que Hitchens había considerado adecuado exclamar, era la mujer que estaba de pie detrás de uno de los asientos, con las manos entrelazadas detrás de la cintura.

—Bienvenidos. Por favor, tomen asiento.

Todos nos la quedamos mirando.

—¿Qué es esto? —pregunté—. Creía que eras...

—Esta es mi representación de luz dura —explicó, dando unos pasos hacia nosotros—. Hay emisores en ciertas áreas de la nave que me permiten manifestar mi forma física para poder interactuar con el mundo animado.

Lex soltó a Hitchens y corrió hacia Atenea.

Atenea se inclinó y le sonrió.

—Hola.

—Hola, me llamo Lex —dijo la niña.

—¿De verdad? —preguntó la extraña mujer.

Al verlas juntas, no pude evitar fijarme en las similitudes. Su cabello y ojos eran idénticos.

—Eres bonita —dijo Lex.

—Gracias, Lex. Tú también eres encantadora—dijo Atenea.

—Esto empieza a resultar espeluznante —le susurré a Abby.

—Jace, cállate —espetó.

—¿No te parece extraño? Mira a esas dos. Podrían ser hermanas.

—¡Deja de ser grosero!

Atenea puso la mano en la espalda de Lex.

—Su capitán tiene razón —dijo, mirándonos—. Lex y yo compartimos ciertas cualidades.

—Q-quieres decir... —tartamudeó Hitchens—. ¿Sois las dos...? ¿Sois el mismo tipo de... persona?

—En absoluto —respondió Atenea. Miró a Lex, que estaba sonriendo, alegre y con los ojos brillantes—. Ella es un ser orgánico, igual que ustedes, pero compartimos cierta historia. —Tocó el casco de la niña y, extrañamente, lo atravesó, tocó la mano de Lex y pasó un dedo por ella—. Somos remanentes de lo que podría haber sido.

—No tiene ningún sentido —dije, luego alcancé a Lex y la cogí de la mano. La acerqué a mí y la alejé de aquella mujer, de aquella cognitiva—. Lex creció lejos de aquí. Ni siquiera sabíamos que este lugar existía antes de hoy. ¿Cómo es posible que las dos estéis conectadas? ¿Cómo es que existe nada de esto? ¿Quién cojones eres tú?

De repente oí un ruido agudo, todos lo oímos, y nos estremecimos a la vez. El sonido se detuvo de repente y fue reemplazado por una fuerte estática. Me pareció que podía escuchar palabras en alguna parte, como si alguien gritara en medio de una tormenta de nieve.

—Capitán... lectura... nave... ¡allí!

—¿Freddie? —grité—. Fred, ¿puedes oírme?

—Te oí... tú... ven... ¡En...!

—¡Joder! —grité.

Atenea levantó la mano, como si estuviera ofreciendo algo, y luego hizo un gesto gentil hacia la pared junto a la que me encontraba.

—Un momento por favor. Su transmisión está siendo interrumpida por el escudo electromagnético de Titán.

—¿Hay alguna forma de limpiarla? —pregunté.

—Creo que sí —dijo Atenea.

—... Capitán, ¿me recibes...? ¡Por favor, responde!

—¡Freddie, estoy aquí! —respondí—. ¿Me recibes?

—¡Sí, señor! ¡Alto y claro! Por favor, dime que sabes lo que está pasando.

—Solo a medias, pero no te preocupes. Creo que... —Miré a Atenea, que me devolvió la mirada con una sonrisa tranquila—. Estoy bastante seguro de que las cosas van bien.

—No suenas muy seguro de eso. ¿Debería preocuparme?

—No me digas cómo sueno, Freddie. ¡Aparca la nave y espera!

Abigail se rio con disimulo.

—Pues sí que le has enseñado bien.

—No me pongas a prueba ahora, monja —le dije, enarcando una ceja.

Hitchens se acercó más a Atenea.

—Señora, si no le importa que le haga otra pregunta...

—Al contrario —le aseguró Atenea—. Me encantan las conversaciones. Ha pasado bastante tiempo desde la última vez que tuve una con un humano.

El doctor asintió, con una sonrisa nerviosa.

—Cielos, ¿por dónde empezar? Supongo que la primera pregunta debería ser: ¿Esta nave...? ¿Eres de la Tierra? ¿Es así como llegaste aquí?

Ella sonrió.

—Claro, doctor. Nací allí, al igual que esta nave. Ambas estamos hechas en la Tierra, aunque debo admitir que han pasado muchos siglos desde la última vez que la vi.

—¿Siglos? —repitió Hitchens—. ¿Qué edad tienes exactamente?

—Han pasado exactamente 2260 años desde que nací —dijo Atenea.

Silbé.

—Joder, Hitchens. Se supone que no hay que preguntar esas cosas.

—¿Puedo preguntar si estaban buscando la Tierra? ¿Por eso han venido hasta aquí? —preguntó Atenea.

Fue Abigail la que respondió esa vez.

—Hemos estado siguiendo lo que creíamos que era un mapa. En lugar de llevarnos a la Tierra, nos ha traído aquí, a este sistema. Parece que nos hemos equivocado.

—Al contrario —dijo Atenea—. Nuestro encuentro es imprescindible para su redescubrimiento de la Tierra. Es la razón por la que les he permitido el acceso a esta nave.

—¿Sabías que lo estábamos buscando? —pregunté.

—Sí, capitán. De hecho, es el motivo por el que los saqué del desliespacio.

—¿Fuiste tú? —preguntó Abigail.

—En parte. Solo pude detectarlos gracias a la activación de una llave en mano.

—¿Una qué? —pregunté.

—¿Podría estar refiriéndose a un pequeño objeto encerrado en una caja cerrada con llave? —preguntó Hitchens—. Lex estaba jugando con uno así cuando llegamos.

—Su descripción es precisa —dijo—. Es un dispositivo de comunicación, aunque tiene múltiples funciones. Tras su activación, y debido a su proximidad con Titán, pude detectarles. Si hubieran estado más lejos, es posible que nuestro encuentro no hubiera sido posible.

Lex se puso de pie con entusiasmo.

—¡La he traído! ¡La tengo en el bolsillo! —Intentó quitarse el casco y al final apretó el interruptor y anuló el sello.

—Oye, espera un segundo, niña—espeté mientras la alcanzaba.

Ella se apartó y dejó caer el casco, luego centró la atención en las mangas.

—Quítamelo —dijo, tirando del traje.

—Por favor —dijo Atenea—. No hay necesidad de preocuparse. Están a salvo a bordo de esta nave. La atmósfera es completamente funcional y autónoma.

Lex se las arregló para bajarse la cremallera.

—Uf, ¿por qué cuesta tanto?

Miré a Abigail, quien se encogió de hombros con incertidumbre. Cuando miré a Hitchens, él hizo lo mismo.

«A la mierda», pensé y giré mi casco, anulando el sello.

Respiré hondo en aquella atmósfera. El aire era normal, aunque un poco más limpio que el de la *Estrella*. Me esperaba algo más espeso a causa de la edad y la descomposición, pero parecía que aquel lugar estaba bien cuidado, incluso después de tanto tiempo.

—Es seguro —dije al final—. Estoy un poco sorprendido.

—El aire no suele enrarecerse en este tipo de instalaciones cuando se abandonan durante un tiempo —explicó Hitchens mientras se quitaba el casco—. En el espacio se conservan sin mucho deterioro.

Lex encontró el artefacto en sus bolsillos y se lo mostró a Atenea con una sonrisa de pura felicidad en la cara.

—No me puedo creer que hayas estado cargando con eso —le dije.

—Es bonito —dijo Lex, como si eso lo justificara todo.

Atenea lo aceptó y examinó el dispositivo.

—Parece ser completamente funcional. Muchas de las naves que partieron de Titán se llevaron estos dispositivos, lo cual les permitía permanecer en contacto entre sí en distancias limitadas. Me sorprendió detectar que tenían dos de ellos en su nave.

—¿Dos? —preguntó Hitchens, mirándome.

—Puede que me quedara la primera caja —le dije, con una leve sonrisa.

Atenea sonrió.

—Debo felicitarlo por su visión de futuro, capitán. Su adquisición de este dispositivo es lo que me permitió rastrear sus movimientos. También es una forma de que podamos ponernos en contacto con su nave.

—¿Y eso cómo se hace? —pregunté.

—Un momento por favor. —Sostuvo el dispositivo contra la pared más cercana, lo que hizo que la llave brillara. Después de un momento, Atenea me miró—. Ahora hable y sus socios lo escucharán.

—¿Hablar? —pregunté—. ¿Quieres que hable con ellos? Pero ellos no...

—¿Capitán? —gritó Freddie con voz aterrorizada—. ¿Eres tú? ¿Dónde estás?

—¿Freddie? ¿Puedes oírme? —pregunté.

—¡Claro que puedo! ¿Dónde estás? ¿Estás viendo esa extraña luz que sale de la superficie? ¿Es cosa tuya?

—¿Una luz extraña? ¿Se ha vuelto a encender? —preguntó Abigail.

—Se ha reactivado —explicó Atenea—. El proceso es parte de un procedimiento de transferencia de energía que es necesario para que la red de energía nuclear de Titán alcance la sostenibilidad total.

—¿Estás extrayendo energía del planeta? —preguntó Abigail.

—La red eléctrica de la superficie se instaló hace muchos siglos. El sistema acumuló energía nuclear y ha estado esperando su activación. Hasta ahora he estado operando únicamente con energía de reserva.

—Entonces, si te he entendido bien —dijo Hitchens—, cuando Lex ha tocado la torre, ha activado la transferencia de los generadores subterráneos a esta nave. ¿Es correcto?

—Más o menos —respondió Atenea.

—¡Eh! ¿Hay alguien ahí? ¿De quién es esa voz? Oigo a una mujer —dijo Freddie.

Me incliné cerca de la llave, que todavía estaba pegada a la pared.

—Lo siento, Fred. Estamos dentro de la luna, hablando con una mujer de dos mil años sobre los secretos del universo. Dame sólo un segundo.

—Una.. ¿qué?

Estaba a punto de hacerle otra pregunta a Atenea, cuando se quedó paralizada, completamente quieta. La pared que tenía detrás parpadeó, mostrando una vista del espacio vacío sobre el planeta.

—Perdónenme —dijo—. Parece que llegan más naves.

—¿Más? —preguntó Abigail.

Atenea se volvió hacia la pantalla cuando seis naves sarkonianas se hicieron visibles al reducir la velocidad parcial de la luz.

—¿Esa es quien creo que es? —preguntó Abigail.

—¿Te refieres a la psicópata de la cicatriz? A juzgar por los daños del casco, supongo que sí —dije.

—¿Debo entender que esas personas son hostiles? —preguntó Atenea.

—Ya lo creo—dije.

Lex se acercó a la pantalla y miró las naves sarkonianas a medida que se acercaban a donde flotaba la *Estrella Renegada*.

—Oh, oh —dijo, mirándome.

Le puse una mano en la cabeza.

—Tú lo has dicho, pequeña.

CAPÍTULO 24

—Eh, ¿HOLA? —DIJO Freddie—. Creo que tenemos un problema.

—¿Sí? ¡No jodas! Siggy, ¿me oyes?

—Afirmativo —respondió Sigmond.

—¡Levanta los escudos y esconde el culo detrás de esta luna!

—De inmediato, señor.

—Ay, cielos —dijo Hitchens—. Deben de habernos seguido a través del túnel.

—Sí y no. ¿Has visto cómo han aparecido? No han salido de un túnel. Deben de haber pasado por alto la ruptura y han continuado hasta el siguiente punto de deslizamiento —expliqué—. Sus motores deben de ser mejores de lo que creía.

—Titán aún no está preparado para un conflicto armado —dijo Athena—. Espero que se contengan.

—¿No puedes defenderte si atacan?—pregunté.

—Carecemos de las reservas de energía necesarias para emprender un asalto adecuado. Sin embargo, el escudo funciona con una eficiencia del ochenta por ciento. Retendrá sus ataques durante bastante tiempo, salvo circunstancias imprevistas. Pero tales medidas defensivas no durarán para siempre. Titán tiene sus límites.

—Necesitamos meter la *Estrella* dentro del escudo —dije.

—Capitán, una de las naves intenta establecer comunicación —dijo Freddie.

—Siggy, ¿puedes pasarme la llamada? —pregunté.

—Sí, señor. Por favor, espere.

Hubo una breve pausa.

—Capitán Jace Hughes —dijo una voz decidida pero familiar—. Aquí la comandante Mercer Equestri. Estoy con alguien a quien le gustaría hablar con usted.

—¿De qué mierda está hablando? —murmuré.

—¿Ho-hola? ¿Quién es? —Era la voz de una chica. Casi parecía estar delirando—. ¡T-tienen a mi padre! Por favor, que alguien...

—¡Deja de balbucear! —espetó Mercer—. ¡Diles tu nombre!

—M-me llamo C-camilla. Por favor, que alguien me ayu...

—¿Ha oído eso, capitán? —preguntó Mercer—. La chica, la que te llevaste del espacio sarkoniano. Está aquí, a dos metros de mí. Su padre también está con nosotros.

—Mierda —dije, hablando entre dientes—. Esta mujer está agotando mi paciencia.

—¿Qué deberíamos hacer? —preguntó Freddie.

—Haz que siga hablando contigo. Dile que voy de camino al puente o algo así —le dije.

—¿Tú... quieres que me ocupe de esto? —preguntó.

—¡Hazlo y ya está, Fred! Necesito un segundo para pensar.

«Joder», pensé. No podía entregarme a aquella psicópata y ya está. La gente como Mercer siempre se retractaba de sus acuerdos, incluso cuando no era necesario. De todas formas, no es que estuviera de acuerdo con sus términos. A la mierda con eso, pero tenía que haber una manera de salir de aquel lío. Siempre había una manera, si se buscaba bien. Solo necesitaba pararle los pies. Necesitaba...

—Eso es —exclamé—. Atenea, ¿cómo funcionan esos ganchos, exactamente? ¿Puedes agarrarte a naves más grandes que la que hemos utilizado para llegar hasta aquí?

—Depende del tamaño de la embarcación —dijo.

—¿Y si son esas, por ejemplo? —pregunté, señalando la pantalla con la cabeza.

Se quedó inmóvil de nuevo, solo un segundo, y luego se relajó.

—Sí, los rayos tractores de Titán pueden sostenerlas, pero no durante un período de tiempo prolongado.

—¿De cuánto estamos hablando? ¿Cuánto tiempo?

—Aproximadamente diez minutos, según los niveles de energía actuales.

Diez minutos. No era mucho. ¿Podríamos abordar su nave y rescatar a la chica y a su padre mientras nos defendíamos de un grupo de soldados armados hasta los dientes? Quizás, pero podría ser complicado.

—Necesitaremos nuestro equipo y salir de aquí. ¿Crees que puedes ocuparte de eso?

Atenea asintió.

—Puedo mandarles de regreso a su embarcación con la misma nave en la que han llegado.

—Capitán, no estarás sugiriendo que asaltemos su nave, ¿no? —preguntó Hitchens.

—¿Nosotros? No, solo Abigail y yo. El resto no estáis capacitados para algo así.

—¿Esperas que los dos solos nos enfrentemos a toda una tripulación de soldados? —preguntó Abigail—. Estoy preparada para el desafío, pero parece un poco suicida.

—¿Puedo hacer una sugerencia? —preguntó Atenea.

Me encogí de hombros.

—Claro. ¿Qué tienes para mí, señora?

—Titán sigue teniendo una armería. Dado que no poseen aumentos como Lex, no podrán utilizar todo el armamento completo. Sin embargo, puede que la tecnología de escudo personal les sea útil.

—¿Tienes una armería? —pregunté—. ¿Y por qué no lo has dicho antes? Rápido, enséñanos lo que tienes.

—Por favor, síganme.

—Espera un segundo —le dije—. Siggy, abre la línea para que Mercer pueda oírme. Todos los demás, silencio.

—La línea está activa, señor. Hable cuando esté liso.

—Mercer, si me recibes, soy Jace Hughes.

—Ah, Capitán, ahí está —respondió ella—. Me alegra ver que mi propuesta ha provocado una respuesta por su parte.

—Mercer, estoy seguro de que podemos llegar a algún trato. Deja ir a ese par y a lo mejor hoy no será un día tan malo. Estoy dispuesto a entregarme. Por favor, no me mates.

—¿Así que acepta mis términos? Es todo un acierto por su parte. Saque su nave de detrás de esa luna y prepárese para ser abordado.

—Dame diez minutos y trato hecho. Me rendiré.

—Diez minutos —dijo—. Pero si intenta huir o atacar, ordenaré a todas mis naves que destruyan la suya. No me importa si perdemos a la niña que lleva a bordo. Los mataré a todos.

—Lo pillo —dije—. Hablamos pronto.

—Línea desconectada —dijo Sigmond.

—Ahora —dije, girándome hacia Atenea—. Enséñame esa supuesta armería.

La armería era enorme, con cajoneras y armarios pesados a lo largo de las paredes. Traté de abrir el primero que vi, pero no se movió. Según Atenea, solo un residente de Titán registrado podría abrirlo, y estaba claro que no lo éramos.

Atenea me tocó el hombro y un resplandor azul pálido apareció por todo mi cuerpo. No lo emitía yo exactamente. Simplemente flotaba sobre mí, como una prenda de vestir que me quedaba a unos tres centímetros del cuerpo.

Luego desapareció.

—¿Qué acaba de pasar?—pregunté.

—Se trata de un escudo personal aumentado. Tiene un límite de carga establecido, actualmente está al treinta y cinco por ciento.

—¿Qué significa eso? —le pregunté.

—El escudo absorberá proyectiles, pero tenga cuidado. El equipo no está a plena capacidad y solo podrá resistir dos o tres ataques.

—No deberíamos necesitar más —dije, mirando a Abigail. Su cuerpo brilló cuando Atenea activó el otro escudo. Como el mío, solo duró uno o dos segundos.

Cuando estuvimos listos, regresamos al hangar, el mismo al que habíamos llegado al principio. Nuestra nave triangular seguía allí, solo que ahora había dado la vuelta y miraba hacia la salida. Atenea había dicho que el proceso de vuelo sería automático, debido a nuestra incapacidad para interactuar con la nave. No estaba seguro de haber entendido la última parte, pero el resto parecía bastante claro. «Mantened manos y brazos dentro del jet espacial en todo momento, niños, y dejad que el ordenador loco en forma de mujer maneje los controles».

Antes subir a bordo, llevé a Hitchens a un lado.

—Necesito que te quedes aquí con Lex, Doc.

—¿Qué me quede? ¿Para qué, capitán?

—Es demasiado peligroso, Hitch. Tienes que mantener a Lex a salvo. Si los sarkonianos o la Unión le ponen las manos encima, acabará muerta. Todavía no sé qué es este lugar ni qué pensar de él, pero sé que es más seguro que la *Estrella*, por mucho que odie admitirlo.

—Es un buen argumento, capitán —dijo—. Haré lo que me pides. Pero, por favor, no dejéis que os maten.

Asentí y luego me reuní a Abigail en la nave. Cuando las puertas se cerraron, escuché a Lex fuera. Tiró de la manga de Hitchens.

—¿A dónde van? ¿Por qué no nos llevan?

Las puertas se sellaron antes de que pudiera escuchar la respuesta.

Cuando llegamos ala *Estrella Renegada*, Atenea llamó a la nave de vuelta a Titán, y le di a Freddie órdenes de sacarnos de detrás de la luna.

—Entiendes el plan, ¿verdad? Tienes que mover la nave una vez que Atenea use su rayo con las naves sarkonianas. Vamos a por la nave líder, rescataremos a Bolin y su hija, y luego saldremos de ahí.

Freddie asintió.

—Entendido

Abigail le arrojó un rifle.

—Necesitarás esto si fracasamos y los sarkonianos intentan asaltar la nave.

Él examinó el arma, con cierta incertidumbre en los ojos.

—D-de acuerdo, gracias.

—Puedes con esto, Frederick —lo alentó ella.

—¿Dónde está Octavia? —pregunté. Estábamos en el salón y esperaba que ella estuviera allí cuando Abigail y yo llegáramos.

—Está con Alphonse —dijo Freddie—. Está mejor, pero ha tenido que cambiarle los vendajes.

—¿Sigue inconsciente?

—El trauma craneal es bastante grave, por lo que me ha dicho.

—Bueno, ahora no podemos preocuparnos por eso. Siggy, prepárate para seguir las órdenes que te he dado.

—Sí señor. Las seguiré al pie de la letra. Puede estar seguro.

—Así me gusta. —Respiré hondo—. ¿Todos listos?

Abigail levantó su rifle.

—Cuando tú digas.

—Atenea —dije—. ¿Me recibes?

—Sí —dijo una voz incorpórea. Me sorprendió lo alto que sonaba, a pesar de que la llave estaba en el armario de mi habitación—. Activación del rayo tractor en cinco segundos.

Miré a Abigail.

—Vamos a liquidar a esos puñeteros sarkonianos.

CAPÍTULO 25

LA *ESTRELLA RENEGADA* voló hacia el escuadrón de naves, directa hacia la nave central, el buque insignia de aquella pequeña flota.

—¡Dispara cuando estés lista, Atenea! —grité justo cuando estábamos lo bastante cerca para usar nuestras armas.

Varios rayos como el que nos había llevado a Titán explotaron por toda su superficie, combinándose en un punto focal central para crear un enorme rayo de luz. Recorrió el vacío entre nosotros e impactó contra las naves sarkonianas, dando de lleno a todas a la vez.

Una vez que lo hizo, ya casi estaba hecho. Teníamos que hacer aquello deprisa si queríamos que funcionara.

El tiempo había empezado a correr.

—Llévanos dentro, Siggy —ordené, sin perder ni un momento.

Mi nave se acercó a la líder, extendiendo abrazaderas y acoplándose a la fuerza.

—Anulando los sistemas de defensa internos —dijo Sigmond—. La compuerta se abrirá en...

La puerta se abrió a ambos lados y yo sostuve con fuerza mi arma mientras dos sarkonianos se acercaban corriendo hacia mí. Tanto Abigail como yo les disparamos instintivamente antes de que pudieran cruzar el umbral entre nuestras naves.

—... ahora —terminó Sigmond.

—¡Sí, gracias! —dijo Abigail.

—¿Estás lista? —pregunté, desenfundando una segunda pistola. Era la misma que había robado en Spiketown.

Ella asintió.

—Vamos a rescatar a esa familia.

Atravesamos la compuerta y entramos en el pasillo. Un sarkoniano cargó contra Abigail, intentando pillarla por sorpresa, pero lo único que consiguió fue un golpe con la culata de un rifle y una nariz rota. Cayó de espaldas contra la pared y Abigail le disparó un tiro limpio en mitad de la frente.

Seguí avanzando, con la certeza de que ella estaba justo detrás. La segunda sección era un pasillo con múltiples habitaciones, lo que significaba múltiples oportunidades para ser emboscados. Hicimos un barrido y despejamos las cuatro primeras.

Cuando llegamos a la quinta, Abigail me agarró de la manga y me retuvo. La miré, confuso, pero ella hizo un gesto hacia el suelo. Había dos sombras justo debajo de la puerta, perfiladas por la luz del interior. Asentí y le indiqué que retrocediera hasta la pared. Ella lo hizo, y yo presioné el interruptor para abrir la puerta.

El idiota de dentro disparó su arma en cuanto la puerta se movió.

Abigail y yo estábamos a ambos lados de la entrada, con la espalda contra la pared. Asomé solo el brazo y le disparé un tiro, directo al estómago. Cuando empezó a derrumbarse, Abigail giró para asomarse a la puerta y lo remató con un tiro en la cabeza. Despejado.

Seguimos avanzando y llegamos al final del pasillo. Mientras girábamos hacia el centro de la nave y recorríamos lo que estaba seguro que sería la rampa final, nos sorprendió un grupo de tres soldados. No dudaron en disparar y nosotros no dudamos en apartarnos de en medio.

Nos agachamos y retrocedimos hacia el pasillo anterior. Escuché la voz de Atenea en mi oído.

—Escudo reducido al veinte por ciento.

Me habían dado en la pierna y el punto del impacto relucía de color azul brillante. Ya había gastado uno de los tiros que no me darían.

Abigail se puso de pie de un salto y se acuclilló junto a la curva del pasillo, sosteniendo el arma hacia abajo.

Nos tenían inmovilizados, lo que significaba que tendríamos que atravesar sus filas o darnos por vencidos e irnos.

—¿Alguna idea? —me preguntó.

—Solo una —dije—. Es hora de usar estos escudos.

Ella asintió.

—Tú por abajo, yo por arriba. Quédate cerca de la pared para poder ponerte a cubierto si es necesario.

Eché un vistazo al pasillo y vi a un soldado que abría fuego mientras los otros dos avanzaban por el pasillo. Uno de ellos tenía un escudo antidisturbios. Obviamente, habían acudido preparados.

Por otra parte, nosotros también.

Me agaché frente a los soldados mientras se acercaban, y disparé contra el primero antes de que me viera venir. Cuando choqué con él, lo agarré de la mano y lo empujé contra el que tenía el escudo antidisturbios, lo que evitó que ambos dispararan directamente sobre mí.

Abigail disparó desde la esquina y le acertó varias veces en el costado al tipo con el escudo. Su propio escudo parpadeó cuando el soldado que se encontraba al final del pasillo disparó sobre ella sin cesar.

—¡Mi escudo ha caído! —gritó mientras volvía a esconderse detrás de la pared.

Levanté la pistola y apreté el cañón contra la barbilla del soldado. Él seguía retorciéndose en mis brazos, intentando que soltara su arma. No iba a tener tanta suerte. Le disparé en la cabeza y un río de sangre brotó de su nariz cuando se derrumbó frente a mí.

El hombre con el escudo antidisturbios también había caído, justo delante de mí. Recogí el escudo y lo levanté justo a tiempo para bloquear los disparos que me llegaron desde el pasillo.

Escuché que la voz me decía que solo me quedaba un diez por ciento. Por lo visto, había recibido un disparo del que no me había percatado.

Seguí adelante, sosteniendo el escudo y dejando que el cañón de mi arma asomara por un lado. Con la última bala, disparé un tiro al tercer soldado, el único que quedaba en pie. Le acerté en el muslo y lo hice caer sobre una rodilla, y desde esa posición intentó volver a levantar su rifle. Antes de que pudiera, metí la mano en un bolsillo y, usando mi segunda pistola, le pegué un tiro final en la frente, haciendo que le explotara la parte posterior del cráneo en el proceso. Con una mirada confusa y ya sin vida, el soldado cayó al suelo con un ruido sordo.

Recargué.

—¿Crees que falta mucho? —preguntó Abigail, secándose las gotas de sudor de la frente.

—Ni idea —dije mientras me aseguraba de haber puesto bien el cargador.

Ayudé a Abigail a ponerse de pie. Aumentamos la velocidad mientras sorteábamos los cadáveres y nos dirigimos a la parte más central de la nave, hacia el puente.

Cuando nos acercábamos a la puerta, se escuchó una voz por el sistema de altavoces.

—¡Capitán Hughes, deténgase de inmediato!

Era Mercer, sin duda con algún tipo de ultimátum. Que intentase detenerme si quería.

—Si no pone fin al ataque, eliminaré a los dos prisioneros que tengo en mi poder. ¿Lo entiende? ¡Esta es su última advertencia!

Me toqué el comunicador de la oreja.

—¿Listo, Siggy?

—A su orden, señor —respondió.

Metí la mano en el bolsillo lateral y saqué un par de gafas, luego me las puse sobre la frente y encendí el interruptor. Abigail hizo lo mismo.

—Adelante.

Las puertas se abrieron ante nosotros y todas las luces de la nave se apagaron al instante.

—El jaqueo ha sido un éxito, señor —dijo Sigmond.

Me coloqué las gafas sobre los ojos y todo volvió a ser brillante, solo que de color verde.

—Vamos allá.

Abigail y yo avanzamos por el pasillo que teníamos delante. Varios sarkonianos intentaban orientarse en la oscuridad del corredor mientras nos acercábamos a ellos. Les disparamos a todos en cuanto tuvimos la oportunidad.

El camino conducía directamente al puente, que era espacioso y en el que ahora rebosaba el pánico. Alguien estaba gritando, una mujer cuya voz reconocí.

—¡Volved a encender las luces! ¡Tersa! ¡Contéstame, maldita IA!

—Me temo que Tersa está indispuesta en este momento —dijo Sigmond, cuya voz salió por el altavoz—. Soy Sigmond, pero mis amigos me llaman Siggy. Puede llamarme Sigmond.

—¿Quién narices es ese?

Nos quedamos agachados y nos movimos rápido. La mujer que gritaba, la comandante con la cara llena de cicatrices, tenía una mano en una barandilla y una pistola en la otra.

No muy lejos de su posición, vi a Bolin y a su hija retenidos por dos soldados. Le toqué el hombro a Abigail y señalé en esa dirección. Ella me hizo un gesto con el pulgar y luego avanzó hasta que se acercó a ellos con el rifle en alto.

Estampó la culata del arma en la mejilla del primer hombre, rompiéndole el hueso, y con un movimiento fluido y rápido, hundió el cañón en el estómago del segundo soldado y disparó. Lo hizo todo en cuestión de segundos. Ninguno de los dos supo lo que había sucedido hasta que estuvieron en el suelo.

—¡Matad a los prisioneros! —gritó Mercer. Levantó su pistola en la oscuridad, apuntando en dirección a Bolin y Camilla. No podía ver, pero disparó de todos modos y la bala se incrustó en la pared que tenían detrás.

Camilla gritó, se arrodilló y escondió la cabeza entre los brazos.

Corrí hacia Mercer, solo para chocar con uno de sus ayudantes y derribarlo.

Mercer lo oyó, giró el cañón de su arma hacia mí y disparó una bala. Me dio en el hombro y el escudo parpadeó.

—Cero por ciento restante —dijo Atenea.

«Mierda —pensé—. No más segundas oportunidades».

Agarré el cañón de su arma justo cuando ella apretó el gatillo. La bala pasó cerca de mi cabeza, sin darme pero provocándome un tremendo dolor de cabeza. Me empezaron a pitar los oídos, pero no me permití reducir la velocidad.

Le golpeé la mano contra la barandilla, tratando de obligarla a soltar el arma, mientras enterraba la mía en su cintura.

—¡Suelta la puta pistola! —vociferé.

Forcejeó, intentando resistirse a mí.

—¡Suéltame o haré que disparen a toda tu tripulación!

—Yo no contaría con eso, comandante.

Abigail estaba con Bolin y Camilla, diciéndoles que se levantaran. Le puso a Bolin un tercer par de gafas en la frente.

—Esto ayudará —dijo, activándolas.

Cuando las tuvo puestas, le dijo que cogiera a su hija y la siguiera. Esperé a que los tres se fueran mientras retenía a Mercer.

—¡Te voy a matar, Hughes! —gruñó mientras intentaba moverse—. ¡Os voy a matar a todos, empezando por esa niña tan rara que lleváis!

Me levanté las gafas con el hombro y me las coloqué en la cabeza. De repente estaba todo muy oscuro, pero aún podía distinguir el rostro de Mercer, a solo seis o siete centímetros de mí.

Sin previo aviso, las luces se encendieron.

—Control recuperado —dijo una voz mecánica por encima de la cabeza.

De repente me encontré cara a cara con Mercer. Sus ojos se llenaron de odio en el preciso instante en que me vio. Abrió la boca para hablar, sin duda para ordenar a su tripulación que me matara.

—¡Que alguien lo mate! —rugió.

—Hoy no, zorra chiflada —le dije, y luego hundí el cañón aún más en su costado y disparé mientras veía su expresión pasar de la rabia a la conmoción cuando la bala le atravesó el abdomen y salió por el otro lado.

Dejó de agarrar con tanta fuerza la pistola que tenía en la mano, así que se la arrebaté y la lancé a mi espalda. Todos los ojos de la habitación estaban puestos en mí mientras los demás se recolocaban, conscientes por fin de mi posición.

La moví y me coloqué detrás de ella, luego le rodeé el cuello con el brazo y enterré el arma en sus costillas mientras retrocedía lentamente.

En cuestión de segundos, media docena de armas me apuntaron, listas para volarme en pedazos. Arrastré a Mercer conmigo por el pasillo.

—¡Cuidado! —grité—. ¡Ella vivirá si os quedáis quietos!

Mercer forcejeó debajo de mi brazo.

—¡Suéltame! —dijo, retorciéndose. Sentí sangre, húmeda y tibia, saliendo de su cuerpo y corriéndome por el muslo. Salía muy rápido. No duraría mucho. Tendría que moverme deprisa.

Arrastré a Mercer por el pasillo mientras varios de sus subordinados me seguían a distancia. Me apuntaban con sus rifles y demás armas, pero no dispararon. Mientras tuviera a su líder a punta de pistola, sabía que estaba a salvo.

—Siggy, prepárate para cerrar la compuerta —murmuré justo cuando me acercaba a la curva del pasillo.

Mientras giraba, todavía tirando de Mercer, la sentí flácida. Sus brazos colgaban a los lados.

—Señor —dijo Sigmond—. Debo informarle que la mujer que tiene en su poder ha dejado de respirar.

—Maldita sea —murmuré. Los soldados no iban a dejar de perseguirme, pero ahora podría correr el resto del camino. Tenía unos segundos antes de que volvieran a tenerme en su línea de visión—. A la mierda.

Solté a Mercer y empecé a correr. Escuché que el cadáver golpeaba la rejilla de metal mientras corría por el pasillo.

—¡Cuando esté dentro, cierra la compuerta! —Pedí—. Siggy, ¿me estás escuchando...?

Sentí una sacudida repentina en el hombro que me envió contra la pared. Caí al suelo a unos metros de la puerta, con un dolor sordo recorriéndome el brazo. Ya me habían disparado antes, así que sabía exactamente lo que estaba pasando.

Me giré y vi a un soldado apuntándome con un rifle. «Mierda —pensé, mirando al extraño que estaba a punto de acabar conmigo—. Creía que era más rápido».

Antes de que pudiera apretar el gatillo, alguien disparó, sorprendiéndonos a ambos. La bala se incrustó en la pared de detrás del soldado, pero antes de que él pudiera reaccionar, otra lo alcanzó en el pecho, seguida de una tercera en la cintura y luego una cuarta en el cuello. Cayó de rodillas y se derrumbó de lado.

Me di la vuelta y vi a Freddie de pie en la compuerta, sosteniendo su rifle y respirando con dificultad.

—¿Fred? —dije, sin estar seguro de si estaba alucinando.

Me cogió de la mano y tiró de mí hacia atrás mientras seguía apuntando hacia el pasillo.

—¡Te tengo, capitán!

Me toqué el brazo y sentí la sangre caliente entre los dedos.

—No sabes cómo me alivia oír eso —murmuré—. Ahora, larguémonos de aquí.

—Parece un buen plan, señor.

CAPÍTULO 26

LLEGAMOS AL INTERIOR de Titán y atracamos la *Estrella Renegada* en el hangar. Antes de que pudiera hacer algo, escuché la voz de Atenea en el comunicador.

—Capitán Hughes, por favor, regrese a la sala de observación de inmediato.

Abigail se había tomado el tiempo de vendarme la herida del hombro durante nuestro corto vuelo de vuelta a la luna. Me hacía un daño de mil demonios, pero había estado mucho peor en otras ocasiones.

Hitchens estaba fuera, esperándonos, cuando llegamos. Pareció preocupado cuando me vio el hombro, pero hice un gesto desdeñoso con la mano.

—No es nada —dije antes de que tuviera ocasión de preguntar.

Lex corrió hacia Abigail y le dio un abrazo.

—¡Abby!

Freddie apareció a continuación, llevando a Alphonse en uno de los transportes móviles. Por su aspecto, todavía estaba inconsciente.

Octavia rodaba junto a ellos. Como ella y Freddie aún no habían estado allí, no pudieron evitar quedarse boquiabiertos ante el tamaño de aquella megaestructura.

Cogí a Hitchens del brazo.

—Veamos qué quiere Atenea.

—¿Quieres que vaya contigo? —preguntó.

—Por supuesto. Tú eres el experto, Doc. No yo.

Asintió y echamos a andar.

Las puertas de la pequeña sala de conferencias se abrieron, revelando a Atenea detrás de ellas, de pie en el mismo lugar en el que había estado antes de que nos fuéramos.

—Bienvenido de nuevo —dijo—. Hay otra nave acercándose a nuestra posición. Necesito que la clasifiquen para poder evaluar la situación más a fondo.

—¿Clasificarla? —pregunté.

Agitó la mano hacia la pared trasera, que cambió para mostrar las naves sarkonianas, libres ya del rayo tractor y disparando contra el escudo de Titán.

—Aquí viene —dijo.

En ese momento, apareció una nave enorme, de casi la mitad del tamaño de Titán. La reconocí como el *Amanecer Galáctico*.

—Definitivamente, es hostil —dije.

—No creo que el escudo de Titán pueda resistir un ataque de tal entidad. Todavía no funcionamos a plena potencia. No podré devolver el fuego.

—¿Qué vamos a hacer, capitán? —preguntó Hitchens.

—Tenemos que salir de aquí —dije—. Atenea, ¿cómo de rápido puede moverse esta nave? ¿Podemos dejarlos atrás?

—Titán solo puede moverse a una décima parte de la velocidad de la luz con sus motores primarios. La única solución viable sería utilizar el desliespacio.

—No hay túneles de deslizamiento en este sistema —dije.

La pantalla que Atenea tenía detrás mostraba al *Amanecer Galáctico* soltando sus naves de ataque.

—¿Túneles? —preguntó Atenea.

—Túneles de deslizamiento —respondí. Nos estábamos quedando sin tiempo.

—Ah, se refiere a pasajes preexistentes —dijo Atenea—. Por favor, observe.

Se quedó inmóvil, pero solo por un segundo, y la pantalla detrás de ella cambió, mostrando la sección del espacio que quedaba delante de Titán.

Apareció una grieta, cortando el vacío como un cuchillo y revelando la luz verde del interior de la estela.

—¿Un túnel? —pregunté al verlo—. ¿Ha habido uno aquí todo este tiempo?

—No acabo de entenderlo —dijo Hitchens.

—Parece que su gente ha olvidado muchas cosas desde que sus antepasados abandonaron mi compañía, Jace Hughes —dijo el ente cognitivo—. No solo puedo abrir túneles existentes, sino que también puedo crearlos.

Titán avanzó, aunque solo un poco, y de repente estábamos allí, dentro del túnel recién creado.

Miré la otra pantalla, que mostraba el área a nuestra espalda. El *Amanecer Galáctico* también se estaba moviendo, sin duda tratando de abrirse camino hasta el túnel. Antes de que consiguiera llegar, sin embargo, la grieta se cerró, sumergiéndonos en el interior del desliespacio.

Me quedé atónito por lo que estaba viendo. En todos mis años viajando de una zona de la galaxia a la siguiente, nunca había visto una nave con la capacidad de crear sus propios túneles de deslizamiento.

—Tranquilo —dijo Atenea—. Sus enemigos deberán encontrar otro camino si esperan alcanzarnos.

—¿A dónde nos llevas ahora? —pregunté.

—Yo no —corrigió ella—. Lo que pase a continuación depende de usted.—Miró detrás de mí y yo me giré para ver a Abigail y Freddie allí, con Octavia en su silla—. De todos ustedes —finalizó el cognitivo.

Lex se coló entre ellos, entrando a la fuerza en la habitación. Se acercó a mí y me dio la mano. Le sonreí sin saber por qué.

Me volví hacia Abigail.

—Hemos venido hasta aquí por una razón, ¿no es así? Bien podríamos llegar hasta el final.

—Exacto —dijo, dándole la otra mano a Lex—. No vamos a limitarnos a dar media vuelta, no después de todo lo que hemos pasado.

—El camino por delante será difícil, a pesar de todo lo que han logrado —dijo Atenea—. El viaje es largo. Titán necesita reparación y combustible. No será fácil. ¿Están seguros de que desean continuar?

Asentí.

—Hagamos lo que nos propusimos hacer. —Miré al viejo cognitivo, a la mujer del otro lado de las estrellas—. Atenea —dije por fin—. Pon rumbo a la Tierra.

Estaba en el interior de una pequeña habitación con Octavia. Ella llevaba una aguja en una mano y una pistola en la otra.

Si el hombre de la cama se movía más de unos centímetros, le abriría un agujero en el cerebro. Si se portaba bien, tal vez lo mantuviera con vida.

Después de todo, hacía no mucho, Alphonse había salvado a una niña. Merecía tener la opción de vivir.

El condestable abrió los ojos al despertar, con una expresión aturdida en el rostro. Primero se fijó en el arma de Octavia, luego sus ojos se desviaron hacia mí. Se apresuró a evaluar su situación actual, como yo había supuesto que haría, por lo que no se molestó en preguntar qué estábamos haciendo allí con una pistola apuntándole. En cambio, se limitó a preguntar:

—¿Dónde estoy?

Me coloqué a los pies de la cama.

—Han pasado muchas locuras mientras dormías.

Empezó a incorporarse, pero Octavia alzó la pistola. Le echó una mirada que sugería que, si intentaba algo, las cosas se complicarían. Él miró el cañón, luego asintió despacio con la cabeza y se deslizó hacia atrás para poder mirarme a los ojos.

—Llegaremos a todo eso más tarde —continué—. Por ahora, es momento de que los adultos tengan una charla, solo nosotros tres. ¿Crees que podrás con ello?

Me miró fijamente durante lo que pareció mucho tiempo, su pecho subía y bajaba de forma constante. No sabría decir si estaba asustado o nervioso.

—¿Qué tipo de charla? —preguntó al final.

—De esas en las que me cuentas cosas —respondí—. De esas en las que te hago preguntas, y si tus respuestas son correctas, a lo mejor vives.

Alphonse parpadeó con sus ojos verdes y se tomó un momento para procesar mi solicitud. Con un largo y tranquilo suspiro, dejó escapar un suave suspiro.

—Está bien —dijo al fin—. ¿Qué quiere saber?

Nota Del Autor

Viví muchas locuras mientras trabajaba en este libro. Primero, me puse enfermo y tuve que ir a ver a un médico por primera vez en tres años. Mientras me recuperaba, el huracán Irma azotó Florida y devastó la mitad del estado con cortes de energía, daños a la propiedad e inundaciones. Fueron unos meses caóticos, por decirlo suavemente.

No es que dejara que nada de eso me detuviera. Al fin y al cabo, estaba en mitad del proceso de escritura de un libro y tenía que seguir escribiendo. La noche del huracán, cargué mi portátil y me aseguré de tener un adaptador de corriente para mi coche, por si acaso. Fue una buena idea que lo hiciera, porque perdimos la electricidad durante aproximadamente una semana, y la carga inicial del portátil solo duró cinco horas. Basta decir que pasé una buena cantidad de tiempo en el asiento trasero de mi coche, haciendo todo lo posible para terminar este libro a tiempo. Fue una experiencia interesante.

Aun así, fui uno de los afortunados. Después del azote de la tormenta, mi amigo y yo condujimos por la ciudad, observando todos los daños. No solo habían quedado destruidas varias casas, sino que las inundaciones habían borrado carreteras enteras del mapa, ya que los ríos y lagos se habían desbordado sobre el cemento, derrumbándolo como papel, llevándose las casas vecinas con ellos. Incluso la bolera se llevó un buen golpe, puesto que ardió hasta los cimientos de la noche a la mañana. Si quieres ver alguna de las fotos que saqué, ve a mi perfil Instagram. Nunca había visto algo tan destructivo, a pesar de haber vivido en Florida la mayor parte de mi vida.

Aparte de eso, me encantó escribir este libro. Los elementos de exploración de la ciencia ficción siempre me han fascinado y quería introducir esa curiosidad en esta serie. Mientras Jace y la pandilla continúan con su búsqueda de la Tierra, seguirán descubriendo cosas interesantes y emocionantes como el bucle de lanzamiento que usan para llegar a la luna.

Entonces, ¿qué será lo siguiente para nuestro grupo de inadaptados? Bueno, es probable que sea fácil de adivinar, teniendo en cuenta el título del tercer libro, *Luna Renegada*. Nuestra tripulación aprenderá más cosas sobre los misterios de su nueva base de operaciones, sus habitantes originales y todas las demás preguntas que se han planteado hasta ahora. Ya hemos aprendido mucho sobre este universo, pero aún queda mucho por descubrir. Los orígenes de Lex, por ejemplo, así como la verdad sobre cómo la humanidad perdió el contacto con la Tierra. Todo se revelará en la próxima entrega de la serie *Estrella Renegada*.

Hasta entonces, seguid volando, renegados,

J. N. Chaney

Podium

www.ingramcontent.com/pod-product-compliance
Lightning Source LLC
Chambersburg PA
CBHW031302120726
47906CB00003B/847